谁能留住时光

SHEI NENG
LIUZHU SHIGUANG
ZHAO LIHONG
SHIGE SHANGXI

赵丽宏诗歌赏析

赵丽宏 诗
杨志学 赏析

华东师范大学出版社

图书在版编目（CIP）数据

谁能留住时光：赵丽宏诗歌赏析/赵丽宏诗；杨志学赏析．—上海：华东师范大学出版社，2016.4
ISBN 978-7-5675-5182-4

Ⅰ．①谁… Ⅱ．①赵… ②杨… Ⅲ．①诗歌欣赏－中国－当代 Ⅳ．① I207.22

中国版本图书馆 CIP 数据核字 (2016) 第 092191 号

谁能留住时光
——赵丽宏诗歌赏析

赵丽宏 诗
杨志学 赏析

责任编辑 阮光页
责任校对 王丽平
装帧设计 沈诗芸
图片来源 『IMAGEMORE Co., Ltd.』等

出版发行 华东师范大学出版社
社　　址 上海市中山北路 3663 号 邮编 200062
网　　址 www.ecnupress.com.cn
电　　话 021-60760555
网　　店 http://hdsdcbs.tmall.com

印 刷 者 苏州工业园区美柯乐制版印务有限责任公司
开　　本 890×1240 32 开
印　　张 8.125
字　　数 145 千字
版　　次 2016 年 8 月第 1 版
印　　次 2016 年 8 月第 1 次
书　　号 ISBN 978-7-5675-5182-4/I·1520
定　　价 39.80 元

出 版 人 王 焰

（如发现本版图书有印订质量问题，请寄回本社客服中心调换或致电 021-62865537 联系）

序：走进赵丽宏的诗歌世界

杨志学

在读者心目中，既有一个诗人赵丽宏的形象，也有一个散文家赵丽宏的形象。这二者是一个人，并不矛盾，而且相得益彰。当然，如果从以下两方面看，二者之间还是有些反差和不平衡的：一是就赵丽宏先生目前出版的著作看，他已经出版的散文集有60多部，而他出版的诗集不足10部；二是他的散文影响广泛，传播面积大，其作品是入选全国大中小学语文教材最多的，不少篇章还多次被作为中考、高考语文试卷的命题材料。也许正是这些因素，他的散文在一定程度上遮掩了他的诗歌的光芒，使人觉得他在散文方面的成就和影响远远超过了他的诗歌。

多年来，我一直关注着赵丽宏的诗。我认为，赵丽宏本质上还是一个诗人。尽管他写了那么多散文，可他的骨子里仍是诗人。他的散文中，也处处流露出诗人的情怀。这样的现实状况，正是推动我进一步走进赵丽宏的诗歌世界，解读和赏析他的诗歌，完成这样一部赵丽宏诗歌读本的重要原因。我想用这个读本告诉读

杨志学
序：走进赵丽宏的诗歌世界

者，作为诗人的赵丽宏一直存在着、活跃着，有必要给予应有的关注。我们不能因为他的散文而看轻和忽略他的诗歌。

在许多读者的记忆中，赵丽宏首先是个诗人，他是以诗歌登上文坛、引起广大读者注意的。在上世纪八十年代初，他是与舒婷、北岛等人齐名的诗人。他当年创作的《友谊》、《火光》、《憧憬》、《沉默》、《单叶草的抒情》、《江芦的咏叹》等一系列诗篇脍炙人口、广为传诵，影响了一代人。他的第一部作品集是1982年由四川文艺出版社出版的诗集《珊瑚》，当时和他同辈的诗人都还没有机会出版诗集。而他的第一部散文集《生命草》则是两年以后出版的。

赵丽宏后来虽然更多写作散文，但他从未中断诗歌写作，他热爱诗歌的感情从未消退。至今他出版了近10部诗集，这在诗人中也是可观的。近年来他又写下了《我的座椅》、《苏州河夜航》、《活着》等一些值得注意的诗作，对以前的诗作是一种超越，如果对照阅读，可以发现一个诗人的心灵轨迹。近年来，他的诗歌不断地被国外翻译，他的诗集的各种译本在不少国家出版。2013年他获得塞尔维亚斯梅德雷沃金钥匙国际诗歌奖，为中国诗歌争得了荣誉。

赵丽宏的散文是站在他的诗歌的肩膀上的。他的散文，情感真挚，语言优美，充满想象和诗情画意，并提炼出深刻的主题和深邃的境界。在他的散文中,我们不难看到一个优秀诗人的影子。他的诗歌和散文,有时又互为交融。有的题材,既有散文的表达,也有诗歌的呈现。比如《火光》就有诗和散文两种形式。他的散文和诗,一定意义和程度上是互相生发、互为补充的。

在赵丽宏心里,诗歌一直处于很高的位置。他曾在自己诗集的序言中写道:"诗歌之于我,恰如那盏在黑暗中燃烧着的小油灯,伴我度过长夜,为我驱散孤独。……和诗歌结缘,是我的幸运。……感谢诗歌,使我常怀着青春的梦想,哪怕霜染鬓发,依然心存少年情怀。"他常常在散文中提到诗。在一篇题为"诗意"的散文中,他曾引述一位西方哲人的如下话语:"我愿把未来的名望寄托在一首抒情诗上,而不是十部巨著上。十部巨著可能会随着时光的流逝被人忘记得干干净净,一首优美而真挚的小诗却可能长久地拨动人们的心弦。"这实际上也是赵丽宏的心声。

纵观中国当代诗歌,名家辈出,流派纷呈,给人以充满活力、热闹非凡的印象。我以为,在当代诗人中,赵丽宏是应该被关注、被研究的。他的诗歌具有独立、独特的审美价值,值得品味、阐释。赵丽宏具有诗人的敏感、敏锐,他能够在大千世界各种对象身上迅速发现诗意、捕捉诗意,经过内心的沉淀和构思,找到恰当的角度,将内心的诗意外化为相应的语言形式。在表达上,他善于想象和联想,也善于提炼思想,使作品具有高远的情怀

杨志学
序：走进赵丽宏的诗歌世界

和饱满的内涵。他能够娴熟地运用隐喻、排比、反复、照应、夸张、拟人等手法，加强作品的表现力和感染力。他的许多作品富有节奏感，便于诵读、记忆和传播。比如《祖国啊》、《江芦的咏叹》等诗篇，就被诸多艺术家和读者在不同时空朗诵过，留在了许多人的记忆里。

在这个读本中，我选择了赵丽宏在不同时期创作的五十首诗，以一个欣赏者的眼光，对它们作了分析和解读。作品的排列，以诗人写作发表的时间为序。这些诗作，在赵丽宏的诗歌创作中只是很小的一部分，但从中可以大致窥见他诗歌的风格与成就，以及一个诗人四十多年来跋涉求索的足迹。相信读者会和我一样，因这些文字而陶醉并沉思，从而对作为诗人的赵丽宏有比较清晰的认识。

赵丽宏先生比我年长十岁。我在上世纪八十年代上大学期间开始阅读他的诗作，曾经和几位爱好诗歌的同学一起讨论他诗歌的内涵和意境，也曾在校园朗诵会上朗诵过他的作品。当时我脑子里还闪过这样的念头：以后会不会有一天与自己喜欢的诗人相遇、相识？幸运的是，这一天尽管晚到了许多，但我还是在七年之前遇见了神交已久的赵丽宏老师。他有着魁梧的身材、儒雅的气质和睿智的目光。最让我感动的是他的平易、亲切。按说，他早已是文学界成就卓著的名家，而且是全国政协委员，但与他的

杨志学
序：走进赵丽宏的诗歌世界

交流是那样的放松，交流之后又总是收获多多。这几年，每年来北京参加"两会"期间，赵丽宏先生总要抽出一点时间与我作短暂的晤面。他的谦和的微笑，给我留下了深刻的印象。我觉得，与赵丽宏先生的交往正是一种君子之交，也是我所向往的高山流水般的境界。

赵丽宏是《上海文学》杂志社社长，多年来他以自己的理念和影响力守望文学的天空，使《上海文学》成为全国文学期刊中最具品位的名刊之一。繁忙的工作之余，他挥洒才情，辛勤笔耕，硕果累累。赵丽宏是一个很有情趣的人，写作之外，他还有很多爱好，譬如音乐、书画、旅行、游泳。我想，这些爱好丰富了他的生活，对他的写作也该是颇为有益的。

认识诗人之后，再来读他的诗，理解上自然是加深了不少，而且多了些不同寻常的感受。所谓"知人论世"，用在这里应该是恰当的。我觉得赵丽宏的人品和诗品是可以相互印证的。我不否认自己对赵丽宏的诗歌有所偏爱，甚至难免还会有一丝爱屋及乌的成分，但我觉得通过这样的解读、赏析，让赵丽宏的诗歌显出它应有的光芒，对爱诗的读者来说，是一件很有意义的事情。作为个案，赵丽宏在时代的诗人中，是有着独特的代表性的。

赵丽宏诗歌具有纯正的抒情品质，激情洋溢，诗意隽永，笔法灵活多变,最重要的是情感的真诚。愿我的解读有助于读者的理解,也希望他的诗歌能拨动更多读者的心弦。

2016 年 6 月于北京沙滩

目录

001　序:走进赵丽宏的诗歌世界　/　杨志学

赵丽宏诗歌　　　　　　　**杨志学赏析**

001　火光　　　　　　　　003　火光,希望的信号

005　致李白　　　　　　　007　苦闷岁月中的吟唱

010　友谊　　　　　　　　012　无比珍贵的友谊

015　坐在高高的堤岸上　　017　江水淹没不了的向往

019　石拱桥　　　　　　　021　思乡情感的具象化

023　等待　　　　　　　　025　爱的姿态,情的节奏

028　落日　　　　　　　　029　落日之喻

032　大海,我的朋友　　　034　大海的音符

037　往日,无题的故事　　041　有一种记忆叫甜蜜

044　英雄　　　　　　　　045　英雄的形象如山岳般高耸

目录

赵丽宏诗歌   **杨志学赏析**

047 雾中听瀑   048 想象的翅翼比瀑布更有力

049 山色   051 黄山有多少种颜色

054 回来吧，嫦娥   057 生命的寓言

060 指佞草   062 弘扬正义的神奇之草

065 憧憬   068 让信念的火种驱散雾障

071 琴声   073 琴声的魅力

075 你看见我的心了么   078 美好的诗篇源自美好的心灵

081 高山红豆树   083 孤独不向他人诉，外人难解相思苦

084 路灯   086 坚守者的形象

088 痛苦是基石   090 在辩证关系中领悟痛苦的真谛

093 黄河故道遐想   096 历史地理景观中的多重意味

098 海鸥   100 与海鸥一起飞翔

103 冬青   100 大雪中看见永不褪色的旗帜

107 雨烟   108 一幅清新淡雅的风景画

110 听诗   112 听诗的享受和收获

115 伊宁黄昏   117 边陲小城的迷人画卷

120 江芦的咏叹   125 让江芦告诉你生命的内涵

128 黄昏，特奥蒂瓦坎   130 苍凉中的神秘

133 斗牛场之晨   136 那吼声是沉重的音符

139 台阶   140 小场景中的大境界

目录

赵丽宏诗歌 **杨志学赏析**

143 母语 145 在海外,最撞击心灵的是什么
148 祖国啊 154 赤子情怀的坦露
157 故宫 158 永恒的艺术宝库
160 故事 162 最后的故事,是找到"你"
164 春夜 165 最美妙的时刻
168 孤独 169 体验孤独
170 独奏 171 音乐的魅力从散场后开始
174 忆大足 178 激情歌哭,一唱三叹
180 岛 183 故乡在心中
185 芦花 187 生命的轮回
190 激情 192 瀑布的心声
195 时光 198 谁能留住时光
201 天上的船 203 诗意的会通与转换
206 站在新世纪的门槛上 213 世纪乐章,千年梦想
216 怀念雪 218 浪漫想象与美好寄托
220 天外的天 222 由人名生发的想象与感怀
224 我在哪里,我是谁 227 存在的困惑
230 我的座椅 232 转折与多重诗意的生成
235 苏州河夜航 238 夜航的体验与启示
242 活着 245 真实地呈现活着的状态

火光
——冬夜断想

假如,坐上一只小小的舢板,
没有船桨,也没有篷帆,
没有舵把,也没有指南,
头上,是呼啸横行的风暴,
身边,是劈头盖脸的浪山。
只有海鸥凄厉的呼嚎,
在灰暗的天空里时续时断……
只有鲨鱼惨白的牙齿,
在起伏的波浪间一闪一闪……
你说,你说,我该怎么办?

是绝望地闭上眼睛,
幻想浪潮把我冲上沙滩?
是虔诚地大声祈祷,

乞求信风把我吹进港湾?
不,我不愿用这愚蠢的天真,
接受命运严峻的挑战
死神,已经无情地站在我的面前!
然而,面对这样的绝境,
即便是猛士也只能望洋兴叹……
你说,你说,我该怎么办?

哦,我要燃起熊熊的火,
在那迷惘而昏暗的夜间,
没有木柴,可以拆下舷板,
哪怕,让整个小船化成一团烈焰。
倘若这世上还有清醒的眼睛,
就一定能发现我心中的呼唤。
烈火的煎熬,当然是万分苦痛,
希望的光亮,却能滋润心田。
或者,让火光成为我生还的信号,
或者,让火光成为我葬礼的花环……

1970年冬于崇明岛

火光，希望的信号

这是很值得回味和琢磨的一首诗。

火光，是这首诗的核心意象，也是理解和把握这首诗的关键。诗的副题"冬夜断想"，则在一定程度上透露了这首诗产生的背景和心境。这是赵丽宏最初的诗作，那时他是一个不到二十岁的下乡知青，生活窘困，前途渺茫，他在孤独中思索命运和人生的意义。

冬夜闲坐，有时候会想一些美好的事情，有时候也会想一些不好的事情。像这首诗，就是将自身置于危难的境地，来考验自己的承受力和应对能力。

"假如，坐上一只小小的舢板"，诗以这样的口吻开头，开始了对自身命运的假设。人生本有不测风云。如果灾难从天而降，"头上，是呼啸横行的风暴，/身边，是劈头盖脸的浪山。"这时候，"你说，你说，我该怎么办？"诗的第一节，便是对灾难的想象和描绘，以及对如何应对灾祸的发问。

第二节是对应对方式的设想及否定。诗人设想了两种方式。一是在灾难面前感到绝望,并生发出一种等待奇迹发生的幻想。二是用祈祷的方式,希望一阵风吹来把自己吹到安全的港湾。这两种方式显然都属于"愚蠢的天真",因此诗人马上给予了否定。但是又能有什么好的办法呢?即便是猛士,也可能一筹莫展。"你说,你说,我该怎么办?"这发问的声音又一次响起,加重了悲剧情绪的笼罩。

第三节(即最后一节),是鼓足勇气想出的办法和方式。有些浪漫,但又很现实。这种办法就是"燃起熊熊的火",让火光成为"希望的光亮","成为我生还的信号"。这种办法或许是可行的,因此即使冒着"让整个小船化成一团烈焰"的风险也可以考虑一试。即使失败了,也要"让火光成为我葬礼的花环"。

此诗写得挺悲壮的,对人的心理的揭示也显得真实而深刻,读来颇具启示意义,也可以对读者产生励志效用。

致李白

多么想追随你的脚步
天南海北,天上地下
登山看瀑布
下海逐长鲸
走长江,下黄河
攀天姥,踏昆仑
行万里路,写万首诗
这样的人生
何等激动人心

你是高飞在天的雄鹰
我是什么呢?
我是困守在笼中的鸟
世界在远离我的地方

不可望,更不可及
我的翅膀已经失去飞翔的功能
只能在你的诗句里神游了
在神游中,倾听你的歌唱,
追寻你遥远的脚印……

1971年2月于崇明岛

苦闷岁月中的吟唱

我想我们首先应该注意这首诗写作的年份：1971年。《致李白》这首诗，不仅是作者的一幅心灵自画像，也是一代青年的精神肖像。像诗里所写的"我是困守在笼中的鸟"，"我的翅膀已经失去飞翔的功能"等，这些诗句，不正是当时处于迷惘状态的一代青年命运的形象揭示吗？

选择李白作为倾诉对象，便使这首诗成功了一半。李白，是一件富有说明性的道具，是一个具有召唤功能和启示价值的符号。提起李白，我们眼前便似乎浮现出一位举止浪漫、狂放不羁的诗人形象。李白是冲决一切罗网的力量的象征，是自由的化身。《致李白》这首诗的前半部分，即第一节，便表达追慕李白的强烈渴望。开头两句，直接喊出了渴望的心声："多么想追随你的脚步／天南海北，天上地下"。接下来是这种渴望的具体化，渴望拥有李白那样的漫游生活和行为方式："登山看瀑布／下海逐长鲸／走长江，下黄河／攀天姥，踏昆仑／行万里路，写万首诗"。这里采用短句,且用了一系列动词,形成特有的明快、有力的节奏。这是诗的节奏,也是诗人心潮澎湃的节奏。诗里选用的一些意象,也都是李白诗中常见的气魄宏大的意象,颇具表现力。

然而,这一切,只是渴望超越现实的一种姿势,而并非现实本身。或者说,它是想象中的克服,而并非现实中的完成。如果此诗只有前半部分,充其量只是表现了一点罗曼蒂克的情怀。而当诗的后半部分(第二节)出现后,情况便不同了。此时,诗的前半部分的意义生成了:其对峙于不合理现实的功能得以显现。

有了前半部分的铺垫,后半部分一上来,作者便对李白做了一个概括性的比拟,将其比作"高飞在天的雄鹰",相形之下,"我"却是一只"笼中的鸟"。历史上的李白与今天的"我",想象的美好与现实的无奈,形成了巨大反差。"翅膀已经失去飞翔的功能",象征人的志向长期得不到施展而造成的可怕的功能退化现象,从而以诗的形式对不合理现实进行了有力的控诉和批判。苦闷中,作者向诗仙倾诉:"只能在你的诗句里神游了/在神游中,倾听你的歌唱,/追寻你遥远的脚印……"作者只能在想象中克服现实的困境,获得心灵的安慰,这是在当时的现实处境下所能够拥有的有限的自由和权力了。

作为苦闷岁月的吟唱,《致李白》为心灵留下了一页真实的记录。作者曾经说:"那些在飘摇昏暗的油灯下写的诗行,现在读,还能带我进入当时的情境,油灯下身影孤独,窗外寒风呼啸,然而心中却有诗意荡漾,有梦想之翼拍动。"(《赵丽宏诗选·自序》,上海文化出版社 2008 年版)作者的话,可以帮助我们更好地理解这首诗。

友谊

有时你很淡

淡如透明的流水

从污浊中缓缓淌过

你使我看见

世界上

还有水晶般洁净的心地

哦,哪怕你凝缩成

一次紧紧的握手

一声轻轻的"保重"

一首短短的小诗

甚至只是含义深长的一瞥……

有时你真像

寒风里萧瑟的芦苇

叶枯根焦

茕茕孑立

几乎失却生命的颜色

然而在泥土下

有冻不死的芦笋

有割不断的根须

真的,即便在

最寒冷的夜里

我也能感受到

你的温暖深沉的注视

　　　1971年初春于崇明岛

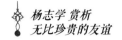
杨志学 赏析
无比珍贵的友谊

无比珍贵的友谊

友谊是什么？也许一时不好回答。但以诗的语言说出对友谊的体验与感受，并以此唤起他人的联想和共鸣，也不失为一种界定友谊的方式。

友谊似乎是抽象的，但诗人可以把它化作具体可感的意象。用以比拟和象征友谊的意象可以有很多很多。这首诗里，诗人从自己的感受和体验出发，只选择了两个自认为有表达力的意象，分别在两节诗里予以呈现。

在第一节里，诗人把友谊比作"透明的流水"，它虽然有时不免要从污浊中流过，但不会被污染，从而让人看到一颗"水晶般洁净的心地"，给人慰藉和感动。这份慰藉和感动，有时外化为"一次紧紧的握手"，有时体现在"一声轻轻的'保重'"，有时以"一首短短的小诗"来表达，有时"甚至只是含义深长的一瞥"便让人领略到它的无比珍贵。

在第二节里，诗人把友谊比作"萧瑟的芦苇"，并且把这棵芦苇写得那样逼真、具体,如"叶枯根焦",如"茕茕孑立"等。同时,诗人又肯定它在如此不利的境遇之下,依然"在泥土下/有冻不死的芦笋/有割不断的根须"。以这样的芦苇,比拟和象征一种经历了危难考验的友谊,显得意味深长,发人深思。想必,作者有过这种在逆境中对于友谊的切实体会,所以才选择这样的意象,表达得如此真切、感人。

  读这首诗,难免会触发我们对友谊的联想和回忆。我们不希望自己有陷于困窘乃至危险境地的时候,我们需要友谊。

即便在最寒冷的夜里
我也能感受到你的温暖深沉的注视

坐在高高的堤岸上

坐在高高的堤岸上,
看江水在脚下卷起拍天雪浪,
听涛声雷鸣般在天地间轰响,
一只海鸥在我的视野里盘旋,
仿佛是大江的使者,
把自然的雄浑化成优雅的飞翔……
我的心事被浪花牵动,
涛声无法淹没我遥远的向往。
海鸥啊,我羡慕你那对翅膀,
自由自在,飞向希望抵达的地方。

坐在高高的堤岸上,
我像一尊不动的雕像,
只有你知道我的心,

像长江一样在奔流，
像海鸥一样在翱翔，
天空没有围墙，
谁能把我年轻的思想阻挡。

1975年夏日于崇明岛

杨志学 赏析
江水淹没不了的向往

江水淹没不了的向往

由作者标注的写作时间（1975年）我们可知，这是写于特殊历史时期（"文革"后期）的一首诗。那时作者是一个二十多岁的青年。从这首诗中，我们不难感受到作者内心的波澜，而诗人内心的河水亦映出了那个时代的天空。

此诗写的是"我"坐于江边堤岸，望长江流水，江上飞鸥，思绪万千，意有所托。而它所寄托的"意"是什么呢？诗人在诗里通过恰切的意象告诉我们了，主要是这样两点：一是希望，希望能够像海鸥那样自由飞翔；二是信念，坚信飞翔的"天空没有围墙"，因此也就没有人能够"把我年轻的思想阻挡"。

我们看出，这首诗的主题与《致李白》相类似，但二者的倾诉对象明显不同，其倾诉方式亦有区别。《致李白》选择了与古人对话的方式，是一个很好的角度。而这首诗选择与自然物象对话也比较恰当。登山观海，是人开阔视野、愉悦心情、排遣郁闷的良好方式。诗人走向大江，坐在江边堤岸上观望着，"心事被

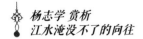

杨志学 赏析
江水淹没不了的向往

浪花牵动",思想随海鸥飞翔。

这样一首短诗,映出了时代的波光云影,也让我们从中体察到人的向往与追求。同时,一个青年诗人的艺术感受力和表达力,也通过这首诗显示出来了。一个有志青年,在生活中是不愿随波逐流的;一个有个性有想法的青年诗人,在诗歌艺术上也是不愿随波逐流的。不是说这首诗有多么了不起,但把它放在当时的环境下来看是非常宝贵的。此诗最宝贵的就在于言真情,不做作,一气贯注,表达非常自如。

石拱桥

桥,那些拱形的石板桥,
一座连着一座,一座连着一座,
在我思念的河流中起伏……

我曾经觉得
它像从天上落下来的月牙,
罩住了清粼粼的碧波。

我曾经觉得
它像从地下冒出来的褡裢,
连接着玛瑙翡翠般的田畴。

它也是我儿时的高山,
登上桥顶,眺望迷蒙的远峰,

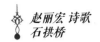

心儿,便会飞近那远方的山谷……

它也是我童年的迷宫,
钻进桥洞,谛听小河的涛声,
心儿,便随着河水流进一个神奇的王国……

如今又看见这拱形的石桥了,
呵,它仿佛变成了骆驼的驼峰,
默默地载着我扑向故乡的山河……

  1977年5月

杨志学 赏析
思乡情感的具象化

思乡情感的具象化

弗洛伊德曾经论述过童年经验对于作家的写作具有至关重要的甚至是无处不在的影响作用。诗人、作家的大量作品都会直接以童年经验作为表现对象。像诗人赵丽宏的这首《石拱桥》便是如此。此诗是诗人对自己童年记忆中那"一座连着一座"的"拱形的石板桥"的诗意再现。是什么触发了作者的思绪,让他为石拱桥写诗?是什么引起了作者的回忆,使他瞬间跌回童年,在故乡的石拱桥洞中嬉戏?原因在于,作者"如今又看见这拱形的石桥了"。那么,诗人是在哪里又看见了石拱桥?诗里没有说明。我们既可以把它理解为是在故乡看见的,也可以把它理解为是在故乡以外的其他地方看见的。根据结尾两行的描绘,把它理解为在故乡以外的其他地方看见石拱桥显得更恰当一些。当然,如果把它理解为在图片、展览中看见的,也并非完全不可。

在具体表达上,这首诗有两个比较明显的特点:一是运用了反复和对应、并置手法,如第二节和第三节两两并置,第四节和

第五节两相对应;二是采用了时空交错的笔法,过去与现在交错,现实与想象叠映。

在对此诗的理解上,还有一点需要说明:如果说,诗的结尾一段告诉我们作者此诗写作的触发点在于"如今又看见"了石拱桥,那么,诗的开头一节或许更重要,它是理解这首诗的关键点。诗人在这第一节便告诉我们,故乡的石拱桥时常在他"思念的河流中起伏"。思念石拱桥是作者思乡情感的具象化。因此可以说,思乡,是作者写作此诗的真正触发点。思乡之情一直在诗人身心中蕴藏,随时可能爆发,现在不过是借助石拱桥得到合理的释放和恰当的表达而已。

等待

我等待
无论你走得多么遥远……

你是云,
我是天空。

你是鸟,
我是森林。

你是风,
我是帆篷。

你是冰,
我是火种。

我等待,

无论你走得多么遥远……

1978 年 11 月

杨志学 赏析
爱的姿态，情的节奏

爱的姿态，情的节奏

虽然"诗无达诂"，诗歌本质上具有朦胧多解的特性和可能性，但多解中也往往会有一种获得更多人认同的较为普遍的解释。就此诗而言，比较符合诗的实际的一种有代表性的解释是：这是一首爱情诗。

这首爱情诗，它表达的情感是热烈的，不容置疑的。这可以从首尾照应的肯定（以"无论"否定了一切质疑后的肯定）句式"我等待"中看出，也可以从八个比喻句形成的短促有力的节奏中感受到。

而这种感情的表达又是那样的含蓄、准确、优雅、得体。它以形象化的比喻，实现了从生活实用语言到诗歌艺术语言的转化与飞升；它以连续的比喻，准确地表达了诗人内心真切的情感和想法。这种表达，因含蓄而显得优雅，因准确而显得得体。

此诗的意蕴是单纯而丰富的。爱情是人类情感中最纯洁、最浪漫、最美妙的情感，它容不得任何虚假和伪饰。此诗通过一系列比喻呈现的情感既是单纯明朗的，同时也是十分丰富的。"你是云／我是天空"表达的是人的包容、覆盖的宽阔胸怀；"你是鸟／我是森林"表达了为爱人提供家园、港湾的意识；接下来"你是风／我是帆篷"表达的意思有些转折，可理解为在爱人的"风"中展示自己勇敢坚毅的形象；最后一对比喻"你是冰／我是火种"表达了要燃烧和融化掉爱人所遭遇的任何艰难与不快的强烈愿望。

在节奏上，这首诗快慢结合，张弛有致。中间四小节读起来比较急促，而首尾两小节读起来则相对比较舒缓。另外此诗在结构上也呈现出简洁而完美的特点。我们可以在阅读中细细品尝和体味。

我等待
无论你走得多么遥远

落日

疲乏的夕阳落到了海面,
像一个受伤的生命,淌着鲜血。
那辉煌的火焰,几近熄灭,
那旺盛的热情,几近冷却。
大海正展开她宽广的怀抱,
把不断下坠的夕阳迎接……

我不想为即将消失的太阳叹息,
也不会因为逐渐降临的黑暗胆怯,
我知道,太阳正在大海中冶炼,
到明天,浪花会托出一轮崭新的旭日。

1979年夏日于青岛

杨志学 赏析
落日之喻

落日之喻

　　这首诗是关于落日的观察、想象与思考。

　　作者在夏日青岛海滩看到了落日。这沉落于海面的"夕阳"在诗人眼里是"疲乏的",诗人由此生出了落日"像一个受伤的生命,淌着鲜血"的比喻。这比喻是新鲜的,诗的情调便由刚刚因"疲乏"而生的伤感转而达于悲壮。这种壮烈之情或许感染了大海,只见大海展开宽阔的胸怀,把"下坠的夕阳"接纳。至此诗人完成了落日场景的描绘。这描绘显然不是纯客观的,而是含带着浓厚的主观情绪色彩的。可以说,这样的"落日"景观是观察与想象相结合的产物。从逻辑结构上看,以上(诗的前六行)是诗的第一层次,是关于落日场景的描绘。

　　而诗的后四行构成了诗的第二层次。这是诗的第一层次的延展和引申,是描绘基础上的议论,是观察基础上的思考。而这样的思考和议论,依然不脱离诗的想象。"太阳正在大海中冶炼",便是想象力作用下产生的新鲜语汇。诗人关于落日的思考和议论,我想至少包含了两层意思。第一层意思，生命是周而复始、生生不息的，今天的太阳沉落了，而"到明天，浪花会托出一轮崭新的旭日"，因此我们不必为落日哀叹。第二层意思隐含在"也不会因为逐渐降临的黑暗胆怯"这一句诗的议论中。这是一个象征：黑暗并不可怕，崭新的黎明正孕育于黑暗之中。

此诗写于1979年，那是一个理想与启蒙的时代。而这首短诗也正有着那样的色彩。

太阳正在大海中冶炼
到明天,浪花会托出一轮崭新的旭日

大海，我的朋友

大海是一位年迈的老人，
海面奔腾的浪花，
便是他染雪的发鬓，
还有那深沉的涛声，
多像他苍老的嗓音……

大海是一位妙龄的姑娘，
天边绚丽的云霞，
便是她多彩的头巾，
还有那不息的灯塔，
多像她传情的眼睛……

大海是一个活泼的顽童，
海面游动的帆影，

便是他飘扬的衣襟，
还有那翩翩的海鸥，
多像他手中的风筝……

哦，大海，我的朋友，
你有世界上最丰富的感情，
有时你年老，有时你年轻……
我喜欢和大海谈心，
你使我深沉，也使我热情。

1979年秋

杨志学 赏析
大海的音符

大海的音符

　　这是诗人为大海谱写的一曲优美动人的乐章。

　　作者生长于大海之滨，自幼与大海耳鬓厮磨。夜晚伴大海的涛声入眠，黎明在海风吹拂下醒来。体察日久，感情日深。想对大海说的话太多太多了，但发而为诗，又不能不加节制。诗正是大海的一滴水，可以映出大海的颜色。

　　诗人经过比较、选择，采取了比喻、拟人的手法，依次把大海比拟为老人、姑娘、顽童，最后又归结性地把大海比拟为"朋友"。在逻辑上，这是一种先分后合的结构。这样的比拟手法和逻辑结构，使诗具有很强的概括力，对读者的理解也颇具启发性和诱惑力。

　　诗里，诗人先把大海看作"年迈的老人"，继而把大海看作"妙龄的姑娘"，随后又把大海看作"活泼的顽童"。诗人为什么会取这样的眼光？又为什么按这样的顺序？这里，我想做些臆解。我觉得诗人依次把大海比作"老人"、"姑娘"、"顽童"，对应的正是诗人的年龄由小到大、由少到长的过程。把大海看作"年迈的老人",这正是孩子的眼光。在孩童眼里,大海正像一位老人,历经沧桑,苍老而又慈祥,包罗万象而又神秘莫测。而把大海看作"妙龄的姑娘",则是青年时期的眼光。青年时期,充满理想,心怀天下,愿把自己的心事和志向对姑娘般的大海倾诉。而随后又把大海看作"活泼的顽童",则是一位智者的眼光,在大海身上发现了自己丢失的童年的影像。

正因为不同时期有不同的视角,不同年龄有不同的眼光,大海才更显得多姿多彩,变幻莫测。但无论怎样变幻,大海永远让诗人感到亲切、亲密无间,他从大海那里收获多多,受益多多,则是毫无疑问的。正因为此,诗人最后把大海归结为"我的朋友"。

你有世界上最丰富的感情
有时你年老,有时你年轻……

往日,无题的故事

一

每次都相逢在十字路口,
你向南走,我向北走……
每次都不约而同地回头,
仿佛都要把失落的什么寻求……

失落了什么呢?
谁也说不清楚,
我只觉得你明亮的目光,
像清清的泉水往我心里流……

二

终于有一次并肩而行了，
我凝神注目，
你也微微张口……
然而什么也没能发生，
汹涌的人流，
把我们冲散在喧嚣的街头……

三

我要到遥远的异乡去，
不知将停泊在哪一个
人生的驿站和港口……
为什么害怕启航的汽笛呢？
仿佛总有人
在轻轻地把我挽留……

我频频顾盼着，
幻想在送行的人海中

找到那清澈明亮的泉流……
没想到真的发现你了！
你在送谁——
为何眼里溢淌着忧愁？
然而航船已经启动，
远远地，远远地
我只见你挥动着纤小的手……

四

于是，在无数个
宁静孤独的夜晚，
那涓涓的清泉，
那轻轻的招手，
常常出现在我
虚幻又亲切的梦中……

于是，在我阴郁漫长的旅途，
有了一缕飘忽温暖的微光，
有了一朵素洁芳馨的小花，

有了一曲没有文字

却异常优美的歌……

1980年春于上海

有一种记忆叫甜蜜

所谓"无题诗"大多是倾诉个人内心世界中的秘密的，常常被用作爱情诗的代称。这首《往日，无题的故事》，如题目所示，它是取回忆的视角，为我们讲述了一个美好的故事。当我们想要认真地去把握事情的来龙去脉的时候，却感到有些困难，因为就像诗里所说的那样，似乎"什么也没能发生"。但它触动了诗人内心的琴弦，在他心里掀起了难以平复的情感波澜。这是失落中的甜蜜，这是甜蜜中的怅惘。

这份甜蜜，当初是源于"我"和"你"多次"相逢在十字路口"，而"失落"也便从此时开始了。因为两个人每次都是向着相反的方向行走，路口遇见只是看一眼而已；后来，"终于有一次并肩而行"，却也未能实现交流，造成更大的失落。但失落中又有回忆和期待："只觉得你明亮的目光，/像清清的泉水往我心里流……"再后来，"我"要离开此地，乘船"到遥远的异乡去"。这时便又"幻想在送行的人海中／找到那清澈明亮的泉流……"，幸运的是"真的发现你了",尽管不能确切地知道"你在送谁",但也足以自慰。此后,"那涓涓的清泉,/那轻轻的招手,/常常出现在我/虚幻又亲切的梦中……"。

大约,这就是所谓的精神之恋吧。大凡未能实现的,总是美好的。而美好的东西,总是令人怀恋,带给人温馨的记忆和前进的动力。

每次都相逢在十字路口
每次都不约而同地回头

英雄

山峰,高高地昂起峻峭的头颅,
青藤,就是他们披散的发束?
几枝古松倔强地伸出枝干,
像愤怒的手臂指向苍天……
哦,在这人迹罕至的深山里,
一定埋葬过至死不屈的英雄。

1980年夏于莫干山

英雄的形象如山岳般高耸

对英雄的敬仰与渴慕，存在于有英雄情怀的人心中。文人虽然不能够像英雄、武士那样驰骋疆场，建立惊天动地的功业，但可以对英雄的壮举心向往之。像陶渊明那样，既有"暧暧远人村，依依墟里烟"，"山气日夕佳，飞鸟相与还"的田园意趣，同时也有"刑天舞干戚，猛志固常在"的慨叹，这并不矛盾。田园风光是美好的，但有时候又是虚幻的。现实总是不完美的，有时甚至是残酷的。即使生在盛世，也该有乱世之忧，因为二者之间的转化是不以人的意志为转移的。

我说这番话，看起来似乎与赵丽宏《英雄》一诗的文本有些游离，其实未必。我的上述感慨恰恰是由阅读这首诗引发的。诗人游览莫干山归来，可以吟咏山川之秀美，也可以由高耸的山峰联想到英雄的身姿。诗人在这里便选择了后者。

短短六行诗，高度浓缩，其容量是不可小看的。全诗采用意象化表达方式，选择了山峰、青藤、古松等意象，象征着英雄的

杨志学 赏析
英雄的形象如山岳般高耸

头颅、发束、身躯和手臂。最后两行以叙述、议论、抒情相结合的语言,点明了主旨,表达对英雄的敬佩与赞美,可谓卒章显志。

英雄,有戴着勋章看到胜利的,也有壮志未酬身先死的。后者充满悲剧意味,更具有震撼人心的力量。从实际情况看,更多的英雄正属于此类,他们没有能够看到胜利的那一天。而光明恰恰是由这无数牺牲了的英雄换来的。许多英雄甚至没有留下姓名,长眠在"人迹罕至的深山里"。诗人怀念这样的英雄,表明了他的英雄观。游览莫干山,由山峰、青藤、古松等意象而生发对英雄的联想与怀念,完成这样一首意味隽永的诗,也算是不虚此行的一大收获吧。

雾中听瀑

幻梦中,时断时续的琴瑟,
尘烟里,由远而近的马蹄,
海滩上,似泣似诉的潮汐,
莽林中,如鼓如钹的急雨,
夏夜的惊雷在奔蛇走龙,
寒冬的风暴在铺天盖地……

此时无形胜有形呵,
在那飘飘忽忽的声响里,
任你思索,任你幻想,
任你在形象的王国中飞驰……

1980年夏

杨志学 赏析
想象的翅翼比瀑布更有力

想象的翅翼比瀑布更有力

此诗写诗人于雾中倾听瀑布奔腾咆哮之声时所产生的感觉。

诗只有短短十行,却收到了以少总多之效。前半部分六行,全由想象性语言构成;后半部分四行,是对感觉的进一步提炼。

读赵丽宏这首《雾中听瀑》,让我想到了李贺的《李凭箜篌引》。二者都是摹写声音的,且都用了一系列比喻。但二者也有些不同,比如李贺那首诗是摹写乐器之声的,而赵丽宏这首诗是摹写自然界瀑布之声的。

诗人来看瀑布,因雾气笼罩而未能得见其形。这不免有些遗憾,但同时也更激发了诗人的想象力。他鼓起想象的翅翼,通过传达瀑布的声音来为其画形。前四行依次出现的琴瑟、马蹄、潮汐、急雨,是声音的由弱到强,而在接下来的两个意象——"夏夜的惊雷"、"寒冬的风暴"的奔走、咆哮中,声音又达到更强、最强。这声音,全是通过可见的画面传达出来的。

山色

谁能描绘出黄山的颜色?

有时它们是淡淡的青,
有时它们是浓浓的绿,
晴天它们会像琥珀般金黄耀眼,
阴天它们会像乌云般灰暗沉着,
曙色里它们是玫瑰色的,
暮霭里它们是紫堇色的,
雨幕中它们凝成一汪碧波,
雾帘中它们又化作一团淡墨……

大自然有多少颜色，
　　黄山，便有多少颜色。

　　1980 年夏日于黄山

黄山有多少种颜色

黄山之美是天下认可度很高的，但黄山的美又是很难描绘的。就比如说黄山的颜色吧，黄山到底是什么颜色？黄山究竟有多少种颜色？都是不容易说得清的事情。因此，诗人一开篇就提出了这样的问题："谁能描绘出黄山的颜色？"而越是这样，越是造成一种诱惑。就像画家禁不住想要去画黄山的颜色一样，诗人赵丽宏也以自己的语言尝试着描摹出黄山的颜色，如"淡淡的青"、"浓浓的绿"，"琥珀般金黄耀眼"，等等，都是诗人眼里看到的黄山的颜色。

与绘画语言相比，诗歌语言显得更加灵活多变。就一幅画而言，画家把黄山画成什么颜色它就是什么颜色，画里有多少颜色黄山就有多少颜色。绘画是空间的艺术，画家是把千变万化的黄山凝定在一个相对静止的瞬间。而诗歌的材料是语言，可以自由驰骋。在诗人笔下，"琥珀般金黄耀眼"只是黄山在"晴天"的一种颜色；而在"阴天"，黄山的颜色则"会像乌云般灰暗沉着"。

杨志学 赏析
黄山有多少种颜色

还有,"曙色里它们是玫瑰色的,/暮霭里它们是紫堇色的,/雨幕中它们凝成一汪碧波,/雾帘中它们又化作一团淡墨……"。黄山的颜色其实是无法穷尽的,所以诗人在结尾以感叹的语言予以揭示:"大自然有多少颜色,/黄山,便有多少颜色。"

我们所看到的黄山的颜色,其实都只是黄山在一定条件、一定时空下的颜色。诗歌虽然可以自由地描绘黄山的颜色,但也仍然是以有限见出无限。它重在启示,让读者在想象中看到事物的无限性。

雨幕中它们凝成一汪碧波
雾帘中它们又化作一团淡墨……

回来吧,嫦娥

> 弈请不死之药于西王母,姮窃以奔月。
>
> ——《淮南子》

一团五彩缤纷的云霞,
向着飘渺无际的苍穹飞飘……
嫦娥,怀着一个世俗的希冀,
扑进月亮清冷幽谧的怀抱。

长生不老,这真是一个颇有魅力的字眼,
永葆青春,更使那些妙龄女郎心跳,
于是,美丽的嫦娥为了不死之药,
竟忍心把人间的生活轻轻一抛。

是的，人间有着太多的龌龊和烦恼，
搏斗和奋争，使生命过早地衰老……
难道就这样一走了事吗？
遥远的月宫，真的比凡间美好？

嫦娥呵嫦娥，请你作答吧，
我知道，你只能以泪珠相告……
千百年来，你保持着青春妙龄，
然而我能断言：你没有欢笑！

月中桂树，远不如地面的芳香，
几只玉兔，也不会比人间的活跃，
那些金碧辉煌的琼楼玉宇，
全被阴森死寂的气息笼罩……

当然，你可以舞动潇洒的裙袖，
在飘忽的云雾里且歌且跳，
可是，一个人纵然舞得动人，
有谁为你喝彩，有谁为你叫好？

到寂寥的月宫里长生不死,
肯定不如在人间白头到老!
回来吧,嫦娥,回来吧,
你的故乡已经是春意缭绕……

不要以为人间只有痛苦和悲伤,
也有馥郁的甘霖,也有真情的欢笑!
把不死之药掷还西王母吧,嫦娥,
回到人间把幸福的酒浆酿造!

  1980 年 9 月

生命的寓言

嫦娥奔月，是远古流传至今的一则美丽神话。自此神话诞生后，关于嫦娥的故事，便引发无数文人的咏叹。赵丽宏的《回来吧，嫦娥》这首诗，虽然题旨上与李商隐诗句"嫦娥应悔偷灵药，碧海青天夜夜心"有相类似的地方，但此诗叙述细腻，血肉丰满，有其超出李商隐诗歌的丰富的时代生活内容；而在艺术呈现上，作者驰骋想象，注重心理揭示，且有情感的参与和思想的评判，因而使诗显出生趣盎然、摇曳生姿的面貌。

全诗共八节。第一节以简洁的诗歌语言，概括了"嫦娥奔月"事件的发生。第二节是对事件原因的揭示。第三节，诗人在稍作让步后，对奔月行为的合理性提出质疑。在此基础上，从第四节到第六节，是对奔月后的嫦娥的天宫生活的全面否定。最后两节是否定后的肯定，劝勉嫦娥告别天庭，回归人间，迎接和创造新的生活。

此诗看起来脉络清晰，诗意明确，没有复杂费解的地方。但我们需要注意的是它的背景。此诗作于1980年，正是祖国告别了一场灾难，并已经取得了天翻地覆的变化的时代。如果说，在过去的混乱动荡的年代，嫦娥式的逃避还有其一定的对抗不合理现实的积极意义的话，那么现在，新的生活开始了，如果还要继续地一味逃避下去的话，则意味着对激动人心的新时代的回避，和对真正的充实而美好的新生活的放弃。这样的回避和放弃无疑是消极人生的体现。

人间虽有各种各样的矛盾，有这样那样的"痛苦和悲伤"，但"也有馥郁的甘霖，也有真情的欢笑"，这才是属于人的幸福。逃避到天庭，生命是死一般的寂静，作为人的喜怒哀乐没有了，这样的活着又有什么意义？从这个角度看，这首以神话传说为素材而创作的诗，也便具有了一种"生命的寓言"性质。

可是,一个人纵然舞得动人
有谁为你喝彩,有谁为你叫好?

指佞草

> 尧时有屈佚草生于庭,佞人入朝,则屈而指之。一名指佞草。
> ——《博物志·异草木》

果真有此等神奇的小草,
怒指佞贼,正气浩浩?
奸险的眼睛一定不敢正视它,
这是正义的烈火,能把邪恶焚烧!

佞人理应千夫所唾,万民所指,
而这愤然一指,需要多少血气胆膏!
人间确实有这样的草,
只是常常遭刀铲,常常被火烧……

刀毕竟会锈钝,火总是要熄灭,
草,却不会死绝,不会衰老,
当和煦的春风轻轻一吹,
它们便又挺起纤细而倔强的腰……

只要人间有曲折和不平,
就会有不屈不挠的指佞草——
随时准备怒指欺世的奸佞,
也准备迎击暴戾的皮靴,冷酷的刀……

1980年10月

杨志学 赏析
弘扬正义的神奇之草

弘扬正义的神奇之草

读诗前小序可知,"指佞草"的故事,源自古代典籍《博物志》的记载。"指佞草"原名"屈佚草",因具有指认奸佞之人的神奇功效而获得"指佞草"的称谓。"指佞草"是贯穿此诗的核心意象。按照诗人意象成诗的分类,"指佞草"属于一种用典意象。同时,这个意象也是事象与物象的融合。由于用典,增加了事情的可信度,稀释了故事中的荒诞成分。而无论引经据典,抑或取自现实生活,都不过是触发诗人情感的方式的不同,是诗人起兴方式的不同而已。

起兴的方式固然重要,而更重要的应该是兴发的情感内容。诗里的感情是非常浓烈的,如"这是正义的烈火,能把邪恶焚烧!","人间确实有这样的草,/只是常常遭刀铲,常常被火烧……"等,这是诗人热血沸腾的表现,不能不使读者受到感染。与刀、火相比,草看似柔弱、被动,而实际上是更强大、更有生命力的:"当和煦的春风轻轻一吹,/它们便又挺起纤细而倔强的腰……"

读诗的第三节，我们发现这首诗对白居易诗句的化用，这可以说是另一重用典。

这首诗的题旨无疑是鞭挞邪恶、弘扬正义的。我们看到，由于选择了意象寄托的方式，此诗在很大程度上避免了直白的说教，而显得蕴藉、耐读。

随时准备怒指欺世的奸佞
也准备迎击暴戾的皮靴,冷酷的刀……

憧憬

我是一个跋涉者,常常迷失在风雨途中,
这个世界真大啊!
趟不完的江河,攀不尽的山峰……
还有多少炊烟未起的亘古荒原?
还有多少人迹罕至的原始森林?
我抬头远望,依然是一片雨,一片风,
一片隐匿在云里雾里的朦胧……
走!走!我头也不回地向前走,
云雾里,终于又露出俊逸的青峰。

假如我是一条柔弱的小溪,
我应该能听见千万里外的江海涛声;
假如我是一滴轻盈的雨珠,
我早晚要扑进大地母亲的怀中;

假如我是一只快乐的云雀，
我当然要飞向透明澄澈的天空；
假如我是一缕寒夜的幽光，
我一定会迎来辉煌壮丽的黎明；
假如我是一根晶莹的冰凌，
我终究将化作叮咚作响的泉涌……

我是一个跋涉者，我的向往遥远而又纯真，
在沙漠里，我看见过绿洲的幻影，
我曾经狂喜地扑向前去，
却仍然是一片荒凉的寂寞和虚空……
在大洋中，我遇到过迷人的海市蜃楼，
我曾经欢乐得喊哑了嗓门，
却依然是单调的波浪迎送……
呵，失望，我尝过它苦涩的滋味，
尝得多了，竟也品味出甜在其中，
它为心灵带来了流血的创痛，
却也点燃了难以熄灭的憧憬的火种。

火种呵，憧憬的火种，
在我心灵的视野里烧得通红通红。
它使我的目光穿透过雾障绝壁，
看见了彩色的希望在远方闪动……
它使我的胸中鼓满了春天的信风，
理想的白帆，翩翩然振翅高冲……
啊，心儿，永远憧憬着未来，
未来，那里有我的大地和海洋，
未来，那里有我的绿洲和琼楼，
未来，那里有我的黎明和晴空！

1980 年冬

杨志学 赏析
让信念的火种驱散雾障

让信念的火种驱散雾障

  这是作者青年时期的一首诗,其题旨与食指(郭路生)的《相信未来》相类似,比较适合青年朋友阅读。此诗所写的"憧憬",是人的一种心理活动和精神向度,即人对自己的未来、前途的向往,属于比较抽象的观念之类,不大容易表现,弄不好就会流于空洞直白的说教,让人敬而远之,其感染力自然也就难以产生。但这首诗的表达,却像《相信未来》一样获得了很好的效果。

  此诗的成功,首先在于作者找到了恰当的意象化方式,让思想溶解于形象之中。全诗以"跋涉者"作为核心意象。而其他众多的散在的意象,如江河、山峰、荒原、原始森林、海市蜃楼、沙漠绿洲,以及一片雨、一片风等,均因核心意象的存在而得以聚拢、统一。这些散在的意象,是一系列存在于大千世界中的图景和物象,它们指向巨大、辽阔、无限,与人的跋涉、攀登等行为发生关系。

  其次,作者设置了矛盾对应的双方,用以揭示生活的复杂多变，也是对心灵丰富性的真实展现。如"云里雾里的朦胧"，让人产生困惑和懈怠；与此相对的是"俊逸的青峰"，它会带给人慰藉和鼓舞。还有，"流血的创痛"，对应于"憧憬的火种"。诗的情境就在这样的遭遇挫折与战胜挫折的矛盾中展开。这样便让读者感到真实可信，诗人的情感也显得比较深沉。

第三，诗里运用了排比、虚拟（或称假设）等修辞手段，增强了作品的感染力。如诗的第二节是排比句式和虚拟句式的结合，使作品形成特有的节奏、气势和气场；而结尾又一次运用排比，把情绪推向高潮，在高潮中收束，对阅读者的心灵势必会产生巨大的冲击。

假如我是一条柔弱的小溪
我应该能听见千万里外的江海涛声

琴声

手指滑过乌黑的指板
弓弦轻擦颤动的琴弦
引出来一条清澈的小溪
流进我干涸的心田

为何竟百听不厌
一闭上眼睛
这声音便化为缤纷的画面
有海上金黄的月光
有故乡淡蓝的炊烟
也有你雪白的发结
像一对翩翩的蝴蝶
飘飞在春风沉醉的傍晚……

用琴声描绘一片幽谧的花园，
我也化成飞蝶蹁跹
飞进去，飞进去
但愿再和你相见……

1982 年 5 月

琴声的魅力

作者是一个酷爱音乐欣赏的人，曾多次在诗歌、散文中表达自己对音乐的痴迷、沉醉和向往。这首《琴声》便是如此。

开头两句以类似特写镜头的方式将画面凝定于手指、指板、弓弦等，指明了琴声来自何处。接下来一句"引出来一条清澈的小溪"更富于画面感和诗意，而且指出了琴声的作用就像小溪"流进我干涸的心田"。

第二节揭示了琴声具有的"百听不厌"的魅力的原因：其一，听到这琴声，就像看到"缤纷的画面"；其二，在众多画面中，最主要、最吸引"我"的，无疑是"你雪白的发结"。可见，令人陶醉的不仅仅是美妙的琴声，还有琴声后面的故事和情感。

最后一节更进一步，言明自己并不是被动地欣赏音乐，而是要以主动的姿态，"用琴声描绘一片幽谧的花园"，而且在想象中"化成飞蝶蹁跹"，和心爱的人再次相见。至此，我们也像窥见了琴声后面的秘密……

用琴声描绘一片幽谧的花园
我也化成飞蝶翩跹

你看见我的心了么
——读《泰戈尔诗选》遐想

是的，我听见泰戈尔在问我
用他那神奇而又幽远的声音
——你看见我的心了么

我看见了
你的心像雨天里的一只孔雀
张开着色彩缤纷的思想羽毛
让在雨中苦恼着的生灵们
睁大惊喜的眼睛
你的心像夜空里的一颗星星
闪闪烁烁，执著而又沉静
然而它绝不冷漠，看得久了
就能在清泠泠的光芒中体会到温情
你的心像开在净土中的素花

赵丽宏 诗歌
你看见我的心了么——读《泰戈尔诗选》遐想

不动声色地吐露着幽馨
你把你心的花瓣撒在世界上
让后来的人们去拣，去由衷地叹息
哦，这是哪一位春神留下的脚印

泰戈尔在问我，他在问
用他那苍老而又年轻的声音
——你看见我的心了么

我看见了
你的心是飞鸟
尽情地用翅膀描绘着天空
哪里有爱鸟的人群和树林
这飞鸟就会停在哪里歌唱
然后又自由自在继续飞行
你的心是月光
无声地铺洒着纯真的宁静
这世界越是喧闹
你的月光就越是皎洁纯净
你的心是流水

在崎岖的山地,在平坦的原野
在荒凉的或者繁茂的田园中
潺缓地蜿蜒着你的晶莹
过去,现在,将来,有很多小草
因你的滋润而微笑着泛青

泰戈尔问:你看见我的心了么
我回答:我看见了

1982年7月

杨志学 赏析
美好的诗篇源自美好的心灵

美好的诗篇源自美好的心灵

这是一首以诗的方式写成的读后感。其阅读对象是《泰戈尔诗选》。这首诗的内容，便是记录了"我"与泰戈尔之间的一场对话。对话当然是在"我"的想象中展开的。按说，应该是由作为读者的"我"向泰戈尔提出问题，由泰戈尔作答；现在则反了过来，由泰戈尔提问，"我"来作答。这样便有了曲折。这是此诗首先值得我们注意的一个地方。这样做也许更有道理，由泰戈尔考问，看一看阅读者的阅读是否有效、得法，是否把握住了泰戈尔的作品的实质和要义。

其次需要注意的是，作者在这首诗里是怎样设置和展开对话内容的。在这首诗设置的对话中，我们看到，泰戈尔既没有询问"我"喜欢他的哪一首诗，也没有就具体诗学问题和"我"展开讨论。泰戈尔让"我"回答的，竟然是一个"你看见我的心了么"这样一个咋看上去好像很大、很抽象、很玄虚，而实际上又很切合泰戈尔的问题。如果把这个问题解决了，也就等于抓住了泰戈

杨志学 赏析
美好的诗篇源自美好的心灵

尔作品最核心最本质的方面，也就等于读懂了泰戈尔。

人的心灵本是笼统的不容易说清楚的世界，而这首诗却用了一系列具体生动的意象来描述泰戈尔的心，如孔雀、星星、净土中的素花、飞鸟、月光、流水等。这些美好的意象，象征着泰戈尔纯净、美好的心灵。泰戈尔能够写出那些透明、澄澈、优美的诗篇，正是源于他有着一颗纯净、美好的心。

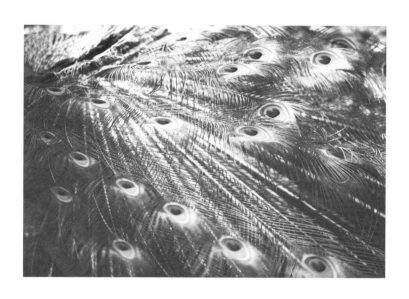

你的心像雨天里的一只孔雀
张开着色彩缤纷的思想羽毛

高山红豆树

兀立在云雾之间
数百年厮守着空谷峭岩
心中自有难言的隐情
秋风里,才默默
洒下一片相思的泪点

你的所思在何方呢
是北国,还是南方故园
捡起一滴殷红的泪珠
让我下山传达你的思念

向谁传达呢
我不由暗笑自己的茫然
你在风中微微叹息着

仿佛在重复
一个恪守了一生的誓言

1982年9月于武夷山

孤独不向他人诉，外人难解相思苦

红豆相思，尽人皆知。诗人也常常咏之叹之。这首诗便是写南国高山红豆树的相思之情的，笔墨之中又有寄托。

此诗短小而别致。作者用笔节制，曲折传情。开头两行写红豆树生活的环境及其历史延续性。由于生存在高海拔的荒僻之地，而且数百年如此，可见其孤独之苦。诗人猜度它"心中自有难言的隐情"，所以在秋风里洒下"相思的泪点"。这相思之泪感染了诗人，诗人禁不住想要代为传情。但红豆树并没有回答他的"所思在何方"的问题，因此诗人又只能怪自己自作多情。

孤独之所以苦，就在于无法向人诉说；相思之所以让人怜惜，就在于外人想帮助排解而实际上的无法和无力帮助。这就是相思的辩证法，也是其悲剧原因之所在。一切物质上的困苦，哪怕再大、再难，也许都可以帮助解决；而一切属于精神、情感方面的困苦，哪怕看似很小，却常常让人感到束手无策。

这首诗的启示也许正在于此。

路灯

有时候
仿佛变成了一盏路灯
悬挂在寂寥的空间
期待着夜中行人

路是那么漫长
路是那么泥泞
以我微弱的光
为后来者辟一段平安之径
孤独中自有淡淡的欢欣

谁也不会注意我
去了又来
只有匆匆而过的足音

来了又去
只有——消逝的背影
连影子也背着我
仿佛在嘲笑
这一点可怜的光明

假如变成路灯
我不会因此悔恨
不断的足音
远去的背影
延续着,延续着
我的遥远的憧憬

让生命熄灭在一条活路上
我决不悔恨

  1982年11月12日

杨志学 赏析
坚守者的形象

坚守者的形象

　　这是一首以拟人化手法（化身为路灯）和以独白、自陈的方式呈现内心世界的诗，从中可以读出诗人对一种存在方式的肯定和对执著坚守价值、信念之行为的礼赞。

　　开头即点题，"有时候／仿佛变成了一盏路灯"紧接着"悬挂在寂寥的空间"，点明了路灯处身的环境。这是第一节。

　　诗的第二节，先渲染道路的"漫长"和"泥泞"，用以显示路灯将首要面对漫长孤独的考验；接下来以路灯自述的口吻显示其存在的价值："以我微弱的光"为行人造福，并以此得到安慰："孤独中自有淡淡的欢欣"。

　　诗的第三节仍然是路灯的自白，先以"匆匆而过的足音"和"一一消逝的背影"这两组意象进一步渲染路灯的寂寞，接着又陈述自己面对的不仅仅是寂寞，还有各种不解和嘲讽。这便将路灯处境的艰难推向了极致。

　　第四节，在对艰难环境进行了充分的叙写之后，让路灯那坚定的声音响了起来:"我不会因此悔恨"。因为路灯有自己的苦乐观,还有自己的憧憬和信念。

诗的结尾简洁有力。"让生命熄灭在一条活路上",这是对诗的境界的拓展和对诗的主题的升华,而"我决不悔恨",比起前面的"我不会因此悔恨",是加重的语气,是不容置疑的表白,使坚守者的形象呼之欲出跃然纸上。

痛苦是基石

欢乐是外壳
痛苦才是本质

欢乐是水汽云烟
痛苦才是江海洪波

在痛苦中寻求欢乐
像在收割后的田野里
拾取遗谷

在痛苦中寻求欢乐
像在积雪覆盖的峡谷中
采撷花朵

让我们学学打夯人吧
用痛苦作为沉重的基石

夯吧,把痛苦夯入心底
深深地,深深地

是的,痛苦是基石
有它,才可能建筑欢乐的楼阁

1982 年秋日

杨志学 赏析
在辩证关系中领悟痛苦的真谛

在辩证关系中领悟痛苦的真谛

这是一首哲理诗。从题目"痛苦是基石"即可清楚,此诗是表达对痛苦的认知的。其可贵、成功之处有二:其一,把痛苦放在与欢乐的关系中进行考察,显得辩证、客观、合理;其二,把抽象的东西化作具体可感的意象,让人领略到语言之美和诗歌形式的魅力。

不难看出诗人对痛苦体验之深,也可以设想诗人是在痛苦甚至极度痛苦的心境下写作这首诗的。因此,可以说,"痛苦",是这首诗的核心,也是此诗的立足点。诗人开宗明义:"欢乐是外壳/痛苦才是本质"。接下来,诗人便以诗的意象化方式,把痛苦具体化,而且处处不离欢乐地谈论痛苦,因为诗人深知,没有欢乐也就没有痛苦,痛苦是相对于欢乐而言的,它存在于一种关系之中。就现实处境看,诗人可能只感觉到痛苦。但是,你这里没有欢乐,欢乐可能在别人那里;你现在没有欢乐,不等于你过去没有欢乐,也不等于你将来没有欢乐。即使现实体验到的是痛苦,

杨志学 赏析
在辩证关系中领悟痛苦的真谛

也要有对于欢乐的渴望。这样才会有慰藉和支撑，也才能把乐观的信念传达给他人。

我们具体读一下文本，看诗人是如何理解和表达这种辩证关系的。"欢乐是水汽云烟／痛苦才是江海洪波"，这是说，欢乐是很少的，也是易逝的，而痛苦却总是那样的多。"在痛苦中寻求欢乐／像在收割后的田野里／拾取遗谷"，这是进一步说明欢乐稀少，不容易获得。"在痛苦中寻求欢乐／像在积雪覆盖的峡谷中／采撷花朵"，这又更进一步，说欢乐有时候消逝得无影无踪，像彻底抛弃了你，简直是难以获取。在这样的情况下，该怎么办？如何调整心态，才能不致被痛苦压倒？诗人想到了"打夯人"的形象，决定把"痛苦作为沉重的基石"。这是诗歌里情绪的转折点（象征命运的转折），是战胜痛苦的开始。"夯吧，把痛苦夯入心底／深深地，深深地"，这是诗的节奏，也是生命的节奏、抗争的节奏。在这样的节奏的行进中，慢慢地，命运会发生改变，欢乐与痛苦的比例关系也会发生改变。以痛苦作坚实的"基石"，欢乐的"楼阁"就会建立起来。

总之，此诗有哲理之精辟，又兼诗味之饱满，值得借鉴。

是的,痛苦是基石
有它,才可能建筑欢乐的楼阁

黄河故道遐想

曾经是汹涌黄河水的河床吗?
为什么听不见潮声轰响,
看不到浊浪排空的景象?
一片野苇,几星蒿草,
沐浴着萧瑟秋风,
述说寂寞和荒凉……

问遍地狼藉的乱石吧,
当年的黄河是如何在这里流浪,
像一个勇猛而又天真的莽汉,
曾经欢乐地呼啸着横冲直撞,
以为每一道峡谷都能通向大海,

以为每一片平原都能铺向远方……
却不料在一马平川迷失了方向,
年轻的黄河啊,
你是如何在这里彷徨,
如何踯躅着倾吐心中的惆怅,
如何呜咽着呼唤遥远的海洋?

黄河已经从别处流入海洋,
为世人描绘出一个
百折不回的英雄形象。
年轻时的故事,
他一定不会遗忘。
你看这从高山带来的遍地岩石,
你看这曲曲弯弯的干涸的河床,
这是一行惊心动魄的脚印啊,
留在他曾经拼搏探索的征途上……

站在这片土地上沉思,

我听见了黄河古老的歌唱,
我听见他顽强执著的脚步
依然在前方回响。

　　1982年秋,北京—上海

杨志学 赏析
历史地理景观中的多重意味

历史地理景观中的多重意味

黄河改道是黄河流淌史上的重大事件，形成了重要的历史地理景观。置身于黄河故道，敏感的诗人思绪万千。这首诗便是他思考的记录。

这是具有着多重意味的一首诗。

首先，对历史地理景观的咏叹。这里是黄河故道，曾经河水汹涌、大河奔腾，而现在呢？已不闻"潮声轰响"，已不见"浊浪排空"，只有野芦苇、蓬蒿草，呈现出"寂寞和荒凉"的景象。第一节六行诗句，作者运用想象、质问、对比的语言方式，把"黄河故道"这样一种历史地理景观的今昔风貌传达出来了，血肉饱满，诗味充足。

其次，对社会发展历史的象征意味。作为一首诗味充足的诗，它的意义不会止于对自然景观的咏叹，而一定要在此基础上进一步生发、升华，弹奏出弦外之音。赵丽宏这首诗便做到了。在第二节中，诗人描绘改道之前的黄河："像一个勇猛而又天真的莽汉

/曾经欢乐地呼啸着横冲直撞,/以为每一道峡谷都能通向大海,/以为每一片平原都能铺向远方……/却不料在一马平川迷失了方向"。这首诗写于中国社会从十年浩劫的迷惘中走出不久,仔细阅读,其社会象征意味不难体察。

  第三,对人生曲折道路的暗示意义。这首诗不仅对新中国的发展历史具有象征意味,而且对人的命运、对人生道路的曲折具有明显的暗示意义。这在诗的第三节表现得比较充分。诗里写改道后的黄河"从别处流入海洋",这样的经历和命运,"为世人描绘出一个/百折不回的英雄形象"。那曲曲弯弯的河床,正像是"惊心动魄的脚印",讲述着这位英雄的"拼搏探索"。诗人由黄河改道,生发出对人生道路、人生追求的感慨,使诗的内涵显得更加丰厚,意味深长。

海鸥
——题一只烟灰缸

让你在烟雾中飞翔
实在是雕塑家的荒唐
好在我并不吸烟
请你来,只为欣赏你的形象

你这大海的家属
谢谢你为我展开雪白的翅膀
你知道么,有了你
我这间幽暗的小屋
常有起伏的波浪涌来
常有轰鸣的涛声回响

因为你举翅不动
更使我萌生起飞的梦想

在遐想中凝视你

我觉得自己生出了翅膀

飞啊,飞向那辽阔的海洋

1982 年 12 月

杨志学 赏析
与海鸥一起飞翔

与海鸥一起飞翔

诗的副题"题一只烟灰缸",向我们透露了这首诗的成因。诗的第一节可看作破题之笔。前面两句"让你在烟雾中飞翔／实在是雕塑家的荒唐",带有嘲笑的语气,认为把海鸥的形象雕塑在烟灰缸上有点滑稽。确实,置海鸥于烟雾中有点不大清爽,影响了观赏者的情绪。接下来两句形成对照,言一个不吸烟的人把这只烟灰缸请来,自然可以排除烟的干扰,单纯把海鸥作为美的对象欣赏。

作者热爱大海,对海鸥有一种天然的喜爱之情。加之,也许是烟灰缸上的海鸥雕刻得比较生动,吸引了作者的目光,触发了他的联想,他可以抛开烟灰缸,对海鸥大加赞赏。诗的后面两节就是赞赏海鸥的,有一种递进关系。第二节赞海鸥在"我"的面前展开了"雪白的翅膀",而且为"我"带来了大海的喧响。这是这只海鸥的第一重价值。第三节更进一步,指出了这只海鸥的第二重价值:凝视海鸥,使"我"生出了飞翔的翅膀。在此,"我"

与海鸥融为一体,海鸥即"我","我"就是海鸥:"飞啊,飞向那辽阔的海洋"。

不难看出诗人的寄托,借海鸥表达了对自由的向往。给人力量的不是烟灰缸,而是烟灰缸上的海鸥的形象。看起来是海鸥的力量,实际上是人自己的力量。

在遐想中凝视你
我觉得自己生出了翅膀

冬青

当大雪纷纷扬扬
我才发现
你的深沉执著的热情
给肃杀的季节以一星绿
给苍白的大地以生命之火
给萧瑟的心灵以春的憧憬

在花红柳绿的时分
我为什么看不见你呢
缤纷的色彩
迷眩了我的眼睛
浓艳的芳馨
熏醉了我的灵魂

是的，我不再羡慕花

不再期望蜂蝶绕萦

既然不是所有的生命

都能始终高举不褪色的旗帜

我当然敬仰你了

我愿意脱落所有的浮华

成为你家族中的一员

成为一棵普普通通的

冬青

1983年春

杨志学 赏析
大雪中看见永不褪色的旗帜

大雪中看见永不褪色的旗帜

有一面旗帜永不褪色。它不是红旗。它存在于大自然中,但又不是自然界的"花红柳绿"。它的名字叫冬青,一年四季以自己的青色存在着。它叫冬青,不是因为它到了冬天才是青绿色,而是因为它到了冬天依然是青青的绿色。

在"花红柳绿"时节,人的眼睛被"缤纷的色彩"迷惑住了,不会去注意冬青树。大雪纷飞之时,诗人猛然被冬青树震慑了,发现了这种乔木的可贵:"给肃杀的季节以一星绿/给苍白的大地以生命之火/给萧瑟的心灵以春的憧憬"。有了这样的发现和认识,便开始对大红大绿、鲜艳夺目的东西看得轻了,开始喜欢朴实无华的本色。像诗的第三节所说的那样:"我不再羡慕花/不再期望蜂蝶绕紫"。这样的诗句是有弦外之音的,喻示着不追求一时的风光,不在乎一时的华丽,言外之意是要以自己的本色获取长久的存在。

诗人被冬青树所感染,不仅喜好的事物发生了变化,而且对待生活的态度也发生了改变,像诗里说的那样,"愿意脱落所有的浮华",向冬青树学习看齐。

诗人敬仰冬青,因它"始终高举不褪色的旗帜"。诗的结尾,诗人甚至表示要"成为一棵普普通通的/冬青",感情真挚而饱满,浪漫而深沉。诗的主题在此也得到进一步的升华,但表达上显得内在而自然。

雨烟

烟一般云一般的是湖上的雨,
绡一般纱一般的是湖畔的烟。
青紫红绿在雨烟里飘漾闪烁,
分不出是桃是李,辨不清是柳是衫,
仿佛有万种千种神秘的微笑,
躲在清新的迷雾中忽隐忽现。
微风湿漉漉吹落缤纷的花瓣,
飘入沉静的湖,化作三点两点渔帆……

1983年春于淀山湖畔

杨志学 赏析
一幅清新淡雅的风景画

一幅清新淡雅的风景画

这是一首风景诗，像是一幅速写画，清新淡雅，饶有趣味。篇幅短小，却勾勒出了江南湖泊的风姿、风情和万千气象。

开头两行是一个比较整齐的对句。出句的尾字是"雨"，对句的尾字是"烟"，正好照应了题目"雨烟"。如果说这两句在色彩上还有些单一、浅淡的话，那么接下来写到"青紫红绿"，就显出色彩的丰富，也使风景显得亮丽而生动。

优美的风景中，如果再点缀上人的影子，与自然风光相协调的话，那么这个风景画就在优美宁静中显出生命的活力，更有意味。此诗后半部分正是这样，诗人简笔带出"神秘的微笑"、"三点两点渔帆"等生命活动意象，使其静中显动，动而更衬托静，这样动静结合，就使风景画摇曳生姿，更加耐人寻味了。

烟一般云一般的是湖上的雨
绡一般纱一般的是湖畔的烟

听诗
——赠一位维吾尔族诗人

你忘情地吟你的诗篇
我也忘情地倾听
你深沉的语调时起时伏
我的思绪也起伏翻腾
是的,我并不懂你的语言
然而我能理解,我能懂

我听见雪水在戈壁滩上奔流
牧人正追赶着云海般的羊群
我听见歌声在果园里荡漾
伊犁河畔弥漫着醉人的清芬
我听见手鼓在蓬蓬蓬地敲打
一轮满月落在笑语喧哗的院庭
也有葡萄架下甜蜜的絮语

少男少女的眼睛像夏夜的亮星
也有沙漠中执著的驼铃
脚印,在没有道路的荒芜中延伸
……

1983年9月于伊犁

杨志学 赏析
听诗的享受和收获

听诗的享受和收获

  这首诗描绘了一位吟诵诗篇的维吾尔族诗人的形象。对吟诗者的形象，除了简单的正面勾描，主要是通过"我"的"听诗"来展现的。通过展现某种艺术行为所引起的效果，来显示这种行为的成就和价值，这是一种侧面烘托的表达手法。这种手法在中国古代诗歌中并不少见，如李贺的《李凭箜篌引》，韩愈的《听颖师弹琴》等。赵丽宏的《听诗》，明显借鉴了这种手法。
  这首诗分两节。第二节显然是重心所在。读这首诗，我们眼前呈现出两幅画面：一是维族诗人在忘情地吟诵自己的诗篇，而"我"也在忘情地倾听的画面；二是"我"因倾听而想象出来的画面。第二个画面更重要，尽管它是想象出来的虚幻的画面。通过"雪水在戈壁滩上奔流"、"手鼓在蓬蓬蓬地敲打"、"葡萄架下甜蜜的絮语"、"沙漠中执著的驼铃"等一系列尽显地域民族风情特点的鲜活而生动的画面，我们感受、领略到了这位维族诗人的风采，并可以据此判断：他是一位合格的民族诗人，是一位优异的民间诗人。

诗人赵丽宏在听诗。我们不妨跟着他一起听。听着听着,我们似乎又听到了这样一些弦外之音:一、维族诗人的表达特色鲜明,值得其他民族诗人借鉴、学习;二、口头吟诵是传播诗歌的一种重要的方式和途径,不可忽视;三、民间活跃诗人的表达方式,值得一切所谓的专业诗人、职业诗人、文人化诗人认真领会,从中汲取精华和营养。

我听见手鼓在蓬蓬蓬地敲打
一轮满月落在笑语喧哗的院庭

伊宁黄昏

白杨树变得金红金红
微风悄悄收敛了脚步
喧闹的地方开始宁静
宁静的地方却传出动人的声音
湖蓝色的围墙里
手鼓化作草原上的奔马
独它尔奏出赛里木湖的涟漪
男人们唱着"木卡姆"
唱出回荡在峡谷里的秋风
林荫中走出一群哈萨克少女
仿佛飘过一片五彩斑斓的云
他们不知道高兴些什么
突然爆发出清脆的笑声
笑声消失了

笑容却在暮色中优美地凝固
……
白杨林中
隐着一个欢乐的小城

1983年9月于伊宁

杨志学 赏析
边陲小城的迷人画卷

边陲小城的迷人画卷

伊宁是新疆伊犁哈萨克自治州州府所在地，是一座民族风情浓郁、富有诗意的边地小城。去过那里的人都忘不了，都会爱上那里。

这首诗里，诗人写的是进入秋天的伊宁。文人墨客对于某个地方的描绘，常常喜欢抓住一天中的两个时间段：一是早晨，一是黄昏。记得以前读过袁鹰的散文《城在白杨深处》，那篇文章描写的被白杨树笼罩的小城就是伊宁。袁鹰重点写了伊宁的早晨：汽车在奔驰，工厂的汽笛在长鸣，渡口的大木船在解缆，"牛奶店卸下木板窗，准备迎接最早来到的主妇；孩子们三五成群上学校去……"。呈现的是一幅生机勃勃的图景。而诗人赵丽宏则偏爱伊宁的黄昏，"喧闹的地方开始宁静"。但诗人并没有具体地去描写宁静，而是以各种声音展现静中的"动"：有手鼓的声音，有独它尔的声音，有男人们唱"木卡姆"的声音，还有哈萨克少女的笑声。与白天喧闹的工作场景、劳动场面相比，这是另一种"动"，从中见出伊宁人的性格、情调，亦见出人们对生活的热爱和热爱的方式。诗的结尾，诗人写下了这样的结论："白杨林中／隐着一个欢乐的小城"。这样的描绘令人心驰神往，让人想象到伊宁这座边陲小城的黄昏也许是更加的迷人。

喧闹的地方开始宁静
宁静的地方却出动人的声音

江芦的咏叹

一

萧瑟秋风

吹白了我的鬓发

南徙的大雁

匆匆飞上蓝天

江水用发黄的手掌

托起悄然凝结的霜花

该有几多凄楚、怅惘

而我却微笑着

当夜幕降临

便垂下成熟的头颅

继续那青春的梦幻

二

梦是绿色的
梦中的精灵
永远摇曳着蓊郁的秸秆
谁能抹去这绿色呢
谁能剪断这顽强坚韧的思念
即便北风呼号
冰雪把世界封锁得严而又严
在寒冷的泥土之下
绿色的梦仍在蔓延
冻不死割不绝的梦啊
春风一起便挺身而出
扬起我翠绿的旗帜
展开我年轻的臂膀
去拥抱奔腾的大江
抚摸柔情依依的波澜
是的,无论世界如何变迁
我纤弱而有节的心中

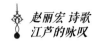

永远蕴蓄着,燃烧着
青春和生命的火焰

三

哦,不要笑我腹中空空
用我做一支芦笛吧
我可以为你吹奏欢乐
让百鸟在头顶起舞盘旋
我也能为你吹奏悲哀
笛孔都会变成汨汨泪眼
用不着惊讶感叹
我苦寒中崛起的躯体
迎风而立的身心
品尝过生命的悲欢
吹一曲,再吹一曲
你会想起浩瀚的大江
想起大江边
一群倒下又站起
倒下又站起的不死的好汉

四

与无定的流水为伴
却不是流浪汉
我也是一叶风帆
随风神游海北天南
我也是一只候鸟
振绿羽迎送春秋的替换
我的根在泥土下
我的思恋在大江畔
即便老死
也要用躯体覆盖泥土
把心中的寄托
向地下的子孙叮嘱
没有浮萍的悲哀
没有蒲公英的伤感
世界不会因我而缩小
大江却因为有了我
变得辽阔,变得舒展
变得生机勃勃

变得情意绵绵

五

你漂泊东西的征帆啊
你南来北往的候鸟啊
你远离故土的游子啊
你们,看见了吗
看见我执著的招手了吗
看见我永恒的微笑了吗
假如愿意在我身边停留
我会告诉你们许多许多
关于追求和归宿
关于生死的内涵

1984年2月

杨志学 赏析
让江芦告诉你生命的内涵

让江芦告诉你生命的内涵

这是江芦的自述。这是诗人的咏叹。

这首咏物诗，采取了第一人称的陈述和表达形式，自始至终让江芦说话，述说其身世、生长环境、外在特征和内心世界等，而实际上是诗人移情于物、托物言志的表现形式。看上去，句句不脱离江芦的形象；细打量，处处是人的性情流露和人格力量的象征。诗里不时有点睛之笔，如"绿色的梦"、"生命的火焰"、"不死的好汉"等。作品很好地把握了"似与不似"的分寸，可以说是咏物诗当中的一首上乘之作。

此诗想象丰富，意象连绵，感情激越。围绕着江芦的特征与生活环境，诗人浮想联翩，驱驰万有，诸如南徙的大雁、成熟的头颅、芦笛悲欢、大江浩瀚、蒲公英、征帆、候鸟、游子等，众多意象奔涌而出。当然，最主要、最核心的意象是江芦，江芦有梦想，有追求，"纤弱而有节"，而且能够适时"挺身而出"，高扬"翠绿的旗帜"。这样的江芦，完全是人的情感、意志的化身。

杨志学 赏析
让江芦告诉你生命的内涵

    此诗结构精致，叙述婉转，蕴含深厚。诗人设置了五部曲的结构，每一部分从不同的角度展示、挖掘江芦的形象内涵，一波三折，婉转多姿，不断深化诗的主题，加大诗的内涵。

    此诗语言精准，节奏感强，适合朗诵。据说有不少演员、朗诵艺术家朗诵过这首诗，极富有感染力。朗诵者的理解和诠释，给"江芦"以更加有力的翅膀，江芦的形象飞向了更多人的心坎。

谁能抹去这绿色呢
谁能剪断这顽强坚韧的思念

黄昏，特奥蒂瓦坎

残阳终于无言地把金字塔亲吻
暗红的血色又浓又稠涂抹了塔顶
惊飞一只巨大的黑色苍鹰
盘旋在废墟间像惊惶的幽灵
黯淡的云闪闪烁烁在天边颤抖
云缝里悄然跳出两颗贼亮的星星
亡人大道是一条凝固的神秘之河
仙人掌和茅草化作舞蹈的人影
静穆昏暗中荒凉古城陷入回忆
遥远的迷离的往事轮廓模糊不清
抬头望残阳已经落到金字塔背后
石塔流尽了血变成一片乌黑的剪影
低头看废墟们突然深不可测

大大小小的窗洞终于睁开诡秘的眼睛
此刻，不知是古城观我还是我观古城

1985年10月31日于墨西哥特奥蒂瓦坎古城

杨志学 赏析
苍凉中的神秘

苍凉中的神秘

　　这是表现域外生活体验的一首诗。域外生活充满陌生感和神秘感，本也容易产生诗。但诗人的关注点不是那些浮光掠影的域外自然风光，而是具有文化内涵和意味的东西。

　　特奥蒂瓦坎是墨西哥印第安人重要的宗教与文化中心，这里有举世闻名的太阳金字塔和月亮金字塔。来到这样的文化遗址，无疑会使人发思古之幽情，缅怀远古文明的结晶。《黄昏，特奥蒂瓦坎》从诗题上就点明访问时间，而这一点正与文化遗址的特征相符合（特奥蒂瓦坎文明也已如残阳沉入暮色之中），所以作者从"残阳亲吻金字塔"写起，就写出人们对往昔的无限依恋，给全诗定下了基调。第三句"惊飞一只巨大的黑色苍鹰"，既是写景，也是象征，所以接下来作者顺理成章地道出一句："盘旋在废墟间像惊惶的幽灵"。把文化遗址的苍凉、神秘，一语道尽。作者始终抓住时间这一线索，写随着暮色进一步加深所看到的景象；诗里着重写了几个突出的意象："黯淡的云"与云中"两颗贼亮的星星",给人以亦幻亦实的感觉,从而加深对文化遗址的印象。"亡人大道是一条凝固的神秘之河/仙人掌和茅草化作舞蹈的人影",化抽象为具象,使人体悟到时光之河的奔流与一切的虚幻。最后写残阳落尽的景象,作者把一切归为乌有:"石塔流尽了血变成一片乌黑的剪影",只是影子而已,这就是历史,就是文化留下的印迹。写至此,作者言犹未尽,更有神来之笔:

低头看废墟们突然深不可测
大大小小的窗洞终于睁开诡秘的眼睛

真的可以认为历史只是虚幻的影子吗?不,它又像是一道深渊,在那里看着我们,我们绝对回避不了,总想与它们对话,要去触摸它们即逝的面目。所以作者最后说:"不知是古城观我还是我观古城"。诗的深刻蕴含在此得以昭示。

残阳终于无言地把金字塔亲吻
暗红的血色又浓又稠涂抹了塔顶

斗牛场之晨

仿佛什么也未曾发生
阳光轻抚着紧锁的大门
微风在清扫空荡荡的看台
有杂色的纸屑翔舞
有枯萎的花瓣游动
几顶被遗弃的大草帽
是一些依然圆睁的眼睛

场地中黄沙不再飞扬
依稀可辨认零乱的靴印蹄印
血迹早已干涸
凝写出一行沉重的音符
记录生命临终前绝望的呻吟
哦,被屠杀的雄牛永难复活

剑刃却要重新沾血
欢呼也会像汹涌潮汐
再次把一切淹没

一声低沉的吼叫突然旋起
等待受死的囚者的吼叫呵
谁能听懂你吼声中的疑问
是期望人们为你疯狂呐喊
是期望面对剑刃悲壮地死
是期望在倒下之前
让锋利的犄角挑穿斗士的胸脯
……

也许,是你满腹的怨恨
被这最后的晨光轻轻撩动

沉默转瞬便融化了吼声
只有懒洋洋的太阳
不慌不忙驱赶着早晨
……

等吧，等待黄昏

等待如血的晚霞覆盖沙场

等吧，屠杀的被屠杀的看屠杀的

大家一起来等

……

1985 年 10 月于墨西哥城

杨志学 赏析
那吼声是沉重的音符

那吼声是沉重的音符

　　这是域外题材作品,是作者于某个早晨观览墨西哥城的一个斗牛场之后留下的感怀与沉思。作者从眼前景写起,始终不离自己切身的感受。一句"仿佛什么也未曾发生",其实包蕴着无限内容。第一节的最后两行颇具神采,将大草帽比作圆睁的眼睛,不仅形象,而且引发读者无限联想。

　　但是全诗重点还在于对斗牛场面的"追忆"。作者不一定曾经亲眼目睹,但肯定对相关画面(通过电影、电视、摄影)相当熟悉。诗人通过"追忆",质疑人们何以如此狂热地喜欢斗牛这一血腥的活动。作者没有给出答案,但无疑将自己的立场隐含于诗句之中,如"血迹早已干涸／凝写出一行沉重的音符"之类的表达,便是对诗的主题的深刻揭示。作者以虚写实,从眼前的"零乱的靴印蹄印"写雄牛的被屠杀、生命临终前绝望的呻吟,以及斗牛场上所掀起的欢呼,让读者眼前完整地呈现出一幅生命与生命相搏杀的血腥画面。但诗作没有止步于此,而是进一步将注意点凝聚在"搏杀"的一刻,有一种短兵相接的意味。"一声低沉的吼叫"由虚变实,从而进一步将被屠杀者的命运推到了读者的面前,而作者的同情与疑虑也就渗透其中:"谁能"和紧随而来的三个"是"所发出的深沉叩问,不仅使斗牛场面更加具有悲壮色彩,也更具悲剧意义,使全诗的力量不断蓄积至此达至顶点。

接着是情感的收拢也就是落潮,主要是回到眼前景:"只有懒洋洋的太阳 / 不慌不忙驱赶着早晨"。在此之前,还有虚实结合,变幻的过渡。而最后是神来之笔,含不尽之意在于言外:"等吧,等待黄昏",也就是说等到黄昏,搏杀将再次进行……从而将不尽的悬念带给读者,也把沉思与追问带给读者。

等吧,等待黄昏
等待如血的晚霞覆盖沙场

台阶
——写在儿子照片上的诗

长长的台阶像长长的栏杆
一道又一道永远没有个完
爬累了,坐下往来路上看看
啊呀,不见了一起出发的伙伴
等吧,等人的滋味可不美妙
一分钟会变成一个漫长的钟点
等不到伙伴你怎么办呢
是哭着喊着原路折返
还是继续向上把那些台阶走完
告诉你——台阶尽头
有一个美丽的花园

1987年夏日

杨志学 赏析
小场景中的大境界

小场景中的大境界

正如诗的副题所示,这是一首"写在儿子照片上的诗"。也就是说,是作者借助眼前所见——照片画面,所写下的一个父亲的殷切期望。

作者巧妙地抓住照片上有限的画面展开思考,并在诗的结尾通过陡生的奇特想象把思考推向无限。儿子独自站在或坐在一排台阶上,是暂时的小憩,还是有意的停留?他在思索往何处去吗?由此进行开掘,当然是要将成人对人生的一种领悟告诉给孩子。这首小诗,于不无趣味的呈现中蕴含着怎样的道理呢?读后,读者自然会得到这样的启示:在人生的道路上,如果认准了目标,树立了理想,就要坚持下去,哪怕没有同路人(这就意味着孤独,不能从同伴那里获得鼓励与帮助),也要义无反顾,继续追寻,这样最后便会到达美好的境地。明显,这是一个父亲最衷心的祝愿。劝勉中有温情,温情中有期许。而其中不容置疑的肯定口吻,使这首诗的"励志"色彩也显得格外纯粹。

杨志学 赏析
小场景中的大境界

自古以来,写特立独行地追求理想的诗作并不少见,如"独立高楼,望尽天涯路",如"前不见古人,后不见来者。念天地之悠悠,独怆然而涕下",等等。《台阶》这首短诗,从身边的一幅照片触发灵感,从平凡事物(台阶)和平常情景(父对子的关爱)中升华出诗的境界,便颇见诗人之匠心独具,难能可贵。由于场景的生活化,让人读来倍感亲切,也容易接受其中的道理。此诗虽然短小,却也曲折回环。如其中有设问"等不到伙伴你怎么办呢",接着是对两种情形的假设。而最后两行"告诉你——台阶尽头/有一个美丽的花园",不仅字句优美(有"花园"这一美好的意象),而且语气上斩钉截铁,是前面情感奔流而来的水到渠成。戛然而止,而趣味横生;简洁利落,而引人遐思。

告诉你——台阶尽头
有一个美丽的花园

母语

你的心永不会平静

在异国他乡

一声乡音

一双黑眼睛的凝视

都能扰乱你

衣冠楚楚的安详

于是你会轻声自问

我是谁

我在干什么

我去向何方

我拼命搏斗

究竟为何一种理想

历史会赠你一架天平

一头搁上未泯的良知

一头搁上物的欲望

假如下沉的

是不堪重负的欲望

那么，高高在上的良知

便会化为母语

雷鸣般在你心中轰响

是否还记得

你是一个中国人

是否还记得

你曾为之哭为之痛苦的

我们亲爱的故乡呵

1988年春于上海

杨志学 赏析
在海外，最撞击心灵的是什么

在海外，最撞击心灵的是什么

这是一首颇具感染力、震撼力的作品。

从题目看，"母语"相对来说是比较空泛也比较抽象的概念，要写好它十分不易。但是，作者回避了对"母语"的直接描述，而从自己在海外游历所获得的感受谈起，将"母语"具象化（甚至将其拟人化），从而使其获得了人人可以真切感受到的质感。不仅如此，作者写"母语"，不是停留于语音层面，而是指向"母语"对自己的启迪与感召，即达到了象征的意义层面。如此写来，便赋予"母语"以一种富有正义感的慈母般的高大形象，深植于读者心中。

全诗跌宕起伏，却浑然一体。开头一句"你的心永不会平静"破空而来，扣人心弦。接着叙写作者置身于海外时的一种最深刻的感触："在异国他乡／一声乡音／一双黑眼睛的凝视／都能扰乱你／衣冠楚楚的安详"，以此增设悬念，人的内心也陡生波澜：在陌生的环境，看到一些熟悉的事物总是强烈地提醒我们身在何

杨志学 赏析
在海外，最撞击心灵的是什么

处。但是，作者没有停留于空间差异的表面化叙述，而是着笔于对一些更深层次问题（甚至是终极问题）的叩问："我是谁／我在干什么／我去向何方"。这样的叩问就超越了一般感受，给人以石破天惊之感。仔细想来，作者由特定情境触发的叩问也算顺理成章。到此为止，诗作还没有涉及题目；而接下来，作者的进一步思索就将主题看似不经意地托了出来：

历史会赠你一架天平
一头搁上未泯的良知
一头搁上物的欲望
假如下沉的
是不堪重负的欲望
那么，高高在上的良知
便会化为母语
雷鸣般在你心中轰响

原来"母语"出于此。作者关于"天平"的想象承接上文而来，而为下文的"母语"作引。这样的想象确实奇特而丰富。"物欲"和"良知"化为"母语"，这是新颖的想象性飞越。至此，我们在感到新奇的同时，可能会禁不住追问——化为"母语"干什么呢？诗的最后才将答案和盘托出。原来诗人是在拷问自己：是否还记得自己是一个中国人，是否还记得故乡中国（那是自己"曾为之哭为之痛苦的"故乡）。这样的拷问，真是雷鸣般在心中轰响！

全诗构思巧妙，一气呵成，令人击节欣赏。

祖国啊

我是一只小鸟
飞翔在你浩茫的天廓
你时而阴时而雨
阳光,却从不会消失
我是一尾小鱼
穿梭在你连天的碧波
你时而平静时而翻腾
最终,却总还我清澈
祖国啊……

这是一个多么动人的字眼
亲切如慈母的微笑
缠绵如恋人的诉说
你是我春天葱茏的绿荫

你是我秋天金黄的收获

你是我夏天清凉的微风

你是我冬天温暖的篝火

祖国啊……

想起你

我的心弦就忍不住颤动

歌在弦上流淌

淌成汩汩江河

想起你

我的情怀便无法静止

思绪羽化成轻云

飞上高天

飘向大地

俯瞰辽阔的山河

祖国啊……

你是我童年的梦幻

是飘忽的油灯下

老祖母神奇迷离的故事

是生离死别的码头上
父亲含泪的叮嘱
你是故乡的泥土
那么浑厚那么朴素
你是祖先镌刻的碑林
凝结智慧也凝结血泪
你是三峡绝壁的栈道
中断而又开凿
你是黄河岸边的堤坝
倒塌而又垒筑
你是远航的风帆
从古到今
高扬不落
穿越过千滩万壑
祖国啊……

你不只是一幅
形似雄鸡的地图
更不是几句口号的组合
你是历史

你是现实

你是延续了一代又一代的

希望和寄托

在出土的青铜和陶瓷里

有你斑驳丰繁的回忆

在崛起的高楼巨厦中

有你神采飞扬的风格

你的叹息是那样深沉悠长

你的召唤是那样不可抗拒

祖国啊……

我曾为你悲哀

也曾为你骄傲

我曾为你痛苦

也曾为你欢乐

在你博大坦荡的胸怀里

我认识了人生认识了生活

也认识了善良认识了丑恶

你是一颗种子

在我心中发芽抽叶

长成一棵绿荫婆娑的大树

你永不会枯萎

永不会倒伏

因为你的根

已经深扎进我的灵魂

融入我的血液我的骨骼

祖国啊……

迷茫的时候

我一遍一遍呼喊着你

你是旭日驱散迷雾

把阳光洒到

被荒草覆盖的道路

你无声的指点

引我向前探索

走向未来没有通衢大道

只有开拓才有生路

祖国啊……

忧伤的时候

我一遍一遍呼喊着你

你是海潮荡涤污浊

把澎湃的激情

注满我的肺腑

你教我爱,教我真

哪怕面对绞索

也不能把赤诚的良心

拱手交出

活一天

就要全心全意爱你一天

直到我化成飞灰尘土

祖国啊……

1989年9月4日凌晨于四步斋

杨志学 赏析
赤子情怀的坦露

赤子情怀的坦露

　　这首诗，曾被广为传诵，成为很多诗歌朗诵会的保留篇目，还被收入中学语文阅读教材，引起无数读者的共鸣。

　　人生天地间，有自然之爱、亲人之爱、朋友之爱等等，都是人所需要的。而有一种爱更是至高无上，那就是祖国之爱，这在一般人心里也都会存在的。诗人的可贵，在于他能够喊出人们的心声。古往今来，关于祖国的咏叹代不乏人，代代传承。这是民族归属感的体现，也是民族凝聚力的需要。

　　赵丽宏的《祖国啊》这首诗，题目就揭示了诗的主题。而由八个自然段构成的有着一定长度的诗篇，就是诗人爱国之心的尽情坦露，是诗人赤子情怀的一层层倾吐。第一节，以"一只小鸟"、"一尾小鱼"作比，说出祖国之于个人的巨大作用、巨大恩惠。第二节又以"慈母"、"恋人"和春夏秋冬作比，写出祖国之于个人的不可或缺。既如此，想起祖国，便会有难以抑制的自豪、激动和浪漫举止。这是第三节所表现出来的。第四节和第五节又

杨志学 赏析
赤子情怀的坦露

继续用比,且分别采用了肯定、否定两种形式。肯定的比拟中有感人至深的细节,喻示祖国真的就是亲人、就是故土;而否定的比拟中包含着更大的肯定。后面两节进一步提炼,表达与祖国生死相依的血肉关系。爱国的情怀,并不是简单的口号,也不是泛泛的空话,而是发自肺腑的真情。读者在这首诗中,能感受诗人的这种深情。而诗中丰富的意象,从天地万物到人间世相,无不引人心生遐想和共鸣。这首诗每一节的末尾都用了"祖国啊……"的感慨,这是修辞上的反复,更是情感的起伏与深化。整首诗节奏感强,语言自由奔放,特别适合朗诵。

这首诗之所以有强烈的感染力,是因诗人对祖国的深沉的爱,也是因诗中喷涌的真挚、激情和浪漫。它能被读者传诵,成为弘扬爱国精神的诗歌名篇,并非偶然。

你的叹息是那样深沉悠长
你的召唤是那样不可抗拒

故宫

森严如昔,辉煌依旧
只是早已失去了帝王气象
红柱、黄瓦、汉白玉
并不能涵盖历史的真相
古钟难以复述当年故事
高墙挡不住探索的目光
亘久不变的是艺术——
是石匠、木匠、泥瓦匠
留在人间的血泪和梦想

1989年10月

杨志学 赏析
永恒的艺术宝库

永恒的艺术宝库

《故宫》虽然是短章,意蕴却非常丰富。

它从所写对象的外观写起,却直接指向真相。"森严如昔,辉煌依旧／只是早已失去了帝王气象"。这两句抓住"故宫"给人的第一印象,同时将一个巨大的悬念抛给读者。人们不禁要问:"为什么?"作者先是避而不答,只是进一步说"红柱、黄瓦、汉白玉／并不能涵盖历史的真相"。这是前两句诗的延伸,又为下文奠定了一个具有相当高度的立足的平台。这里点出的三个意象"红柱、黄瓦、汉白玉",又高度凝练地点出了故宫的状貌与给人留下的印象。需要注意的是这里对"色彩"的选择与关注。"红""黄""白",色彩鲜明,恍如庄重的图画。接下来,诗句又有跌宕,也使全诗具有了鲜活的质感:"古钟难以复述当年故事",一句概括了往昔;而"高墙挡不住探索的目光",又揭示出前进的脚步谁也无法阻挡。最值得称道的是作者对事物本质的认识:故宫并不代表权势、荣华,或者说,故宫作为权势、荣华之象征的时代早已过去。而留下来的、现在呈现在我们面前的只是艺术。是的，故宫是艺术的宝库。从外形构造看，它体现了建筑艺术的雄伟、庄严、厚重；从收藏和传承看，它包罗万象，保存了众多艺术珍品。诗人还告诉我们：创造这一切的不是什么帝王，而是石匠、木匠、泥瓦匠之类的普通民众。这座艺术宝库，是中国人的血泪和梦想凝成的。

  短短一首诗，既浓缩了多重意味，亦显示出很高的境界。它揭示真理，闪烁着批判意识的光芒。短诗虽短，对人心灵的撞击却十分强烈。

故事

多少次我默默地凝视你
听你微笑着讲一个又一个故事
欢悦的情节我早已一一淡忘
只有你的微笑在心里漾起涟漪
终于有一个悲伤的故事
使你改变了昔日笑颜
你说这是你要讲的最后的故事
……
温暖的泪水融化了封冻的灵魂
你等着,走遍这世界我要重新找到你
生活中永远不会有最后的故事

我将拉起你的手轻声说：开始

你等着……

1990年春于北京

杨志学 赏析
最后的故事，是找到"你"

最后的故事，是找到"你"

　　这首诗的题目叫"故事"，但读过之后我们很难说清楚这里面有什么首尾连贯的故事。但此诗又以寥寥数语，向我们勾勒出了一位"微笑着讲一个又一个故事"的人的形象。虽然所讲故事的情节都已经淡忘了，但讲故事的人的"微笑"表情，却深深地留在了"我"的记忆里。

　　"微笑"是故事讲述者的典型特征，抓住这一特征就等于写活了这个人。但诗人的主要用意恐怕还不在此。之所以强调"微笑"，是为了衬托那个"悲伤的故事"（它改变了"你"的"笑颜"，此后"你"便不再讲故事，于是这个"悲伤的故事"也就成了"你要讲的最后的故事"）。不难理解，这个悲伤的"故事"，与前面微笑着讲述的"故事"，这两个"故事"的内涵是很不相同的。前面微笑着讲述的故事，可以说就是故事；而悲伤的"故事"，其含义应该倒过来理解，即"事故"。以前所讲的故事，也许都是与"你"没有关系的别人的"故事"，所以讲起来轻松，听起

杨志学 赏析
最后的故事，是找到"你"

来快乐；而现在的"悲伤的故事"，指的是发生了与"你"有关的事件，导致了"你"命运的改变，"你"从此便消失得无影无踪了。

以上七行内容构成了诗的第一部分。第七行之后用了一个省略号。此后发生了什么无从得知，所以只能省略掉。同时省略号也构成了诗的跳跃，此后的五行成为诗的第二部分。可以设想一下，这首诗写到第七行就结束也未尝不可（已经给读者留下了思索的空间，产生了诗的神秘性），但诗人觉得意犹未尽。于是有了第二部分的延伸与升华。第二部分开始，先用一句"温暖的泪水融化了封冻的灵魂"进行概括，意思是，世界发生了变化，"你"的"悲伤"该结束了，但是，"你"现在又在哪里呢？此时，诗人的心声与"我"的心声合二为一：

你等着，走遍这世界我要重新找到你
生活中永远不会有最后的故事

这是"我"的信念，也是诗要给人的信念。至此，我们可以设想：就这首诗而言，如果有"最后的故事"的话，这"最后的故事"就是："我"又找到了"你"。

春夜

今夜，风因为你的到来而温柔
星星和月亮在夜空停留得很久
残存的积雪无可奈何地融化
在我复苏的心田汩汩奔流
看见那些悄然绽蕾的花朵了么
是你的脚步使它们忍不住点头
一对不知名的小鸟在窗外唱歌
似乎已分不清何时黑夜何时白昼

1990年春于北京

杨志学 赏析
最美妙的时刻

最美妙的时刻

爱情是神奇的。千百年来人们之所以"不厌其烦"地歌颂爱情,就在于它具有这种神奇的力量。这首《春夜》是歌颂爱情的神奇力量的,具有让人一读难忘的魅力。

这首诗的魅力在哪里呢?首先在于它选择了最富于包孕性的一刻:"你"来到后的"春夜"。这样的时刻完全可以铺陈开来写,但是,作者没有写"你"如何到来,"你"到来后有何举动,"我"又有何反应等。其次,在表达上作者采取了移情于物的手法,即"我"的感情被转移到了世界万物身上,通过周围世界的"变化"见出"你"到来后的神奇效应:风变得温柔,残雪在融化、奔流;还有,"星星和月亮在夜空停留得很久"。星月本来就长时间停留在夜空,本无反常之处,然而诗人认为这是专为他们而设的,从而变平凡为"新奇"。只有诗人才会作如此想。不仅如此,花朵也"忍不住点头",这就更进一步强化了神奇的效果。最后还写到"一对不知名的小鸟"(请注意是一对!),竟然在夜里也歌唱起来(一般鸟儿到了夜晚就不再歌唱),这就把爱情的神奇效果写到了无以复加的地步,诗中的情感也就到了最高潮,而此时作者戛然而止,将不尽之意尽置于言外,让人浮想联翩,回味无穷。

看见那些悄然绽蕾的花朵了么
是你的脚步使它们忍不住点头

孤独

记不清一生接触了多少人
在人群中体验过爱也体验过恨
鬓发会斑白记忆却不会褪色
只是已经失去回首往事的激情
昔日的喧闹随夕阳飘然而去
秋风抚不平眉间的皱纹
再没有谁可以倾吐心中悲欢
只有几只无言的猫可以亲近

1990年4月

体验孤独

这首诗是组诗《瞬间之思——题画若干》中的一首，是一首题画之作。题画诗要受画面的制约，也须由画面生发想象。读这首诗，便是读者的想象跟着诗人的想象，一起飞动了起来。

全诗只有短短八行，文字节俭而高度概括。这正是诗的作法，也是诗要达到的境界。这里的八行，每一行似乎都是具象与抽象的统一。

诗人也像这画中人一样，进入了孤独的角色，所以才体验得这样深："记不清一生接触了多少人／在人群中体验过爱也体验过恨"。画面中是一个孤单的老人，但他已经接触过无数的人。历尽沧桑、爱恨情仇之后，现在要体验孤独。这是人人都难以逃脱的宿命。画面中这个老人，他连"回首往事的激情"都没有了。可以想象这位老人的目光应该是淡然的、超然的。

结尾是对画面中一个细节的描述。"有几只无言的猫"陪伴着老人，似乎想减少他的孤独，但这恰恰是对孤独的衬托与强化。

独奏

人去场空,只有灯光依旧
灯光静静抚摸沉默的座椅
痴醉如深情的眼睛
当然是追索那些消失的旋律
旋律曾美妙地翔舞于空间
震撼过无数耽于憧憬的灵魂
不要说音符已被听众带走
音乐留下了无微不至的脚印
神奇的弦仍在无形中颤抖
活泼的弓仍在幽暗里滑行
座椅变成一排排琴键
听凭幻想的手指蹁跹

1990年夏日

杨志学 赏析
音乐的魅力从散场后开始

音乐的魅力从散场后开始

作者是一个喜欢倾听和欣赏音乐的人,音乐构成了他业余文化生活的一部分。时常写一些以音乐为题材的作品,对他而言便是一件很自然的事情。

这是一首表现独奏音乐会的诗。需要注意的是它介入的角度和方式。它没有正面描写这场音乐会,诸如演奏者是谁、演奏了哪些乐曲都没有说,甚至连使用的乐器也没有提及。因为诗人觉得这些都不重要。他就想表达一种感受——一种"人去场空"的感受。当然,需要提及的是,这是一首题画诗。诗人的表达首先要受到画面的制约和影响。"人去场空"的画面给诗人带来了启发和创作的灵感,诗的笔墨也便从音乐会的散场开始。

但作为诗歌又须是诗人的二度创造,要有脱离画作而存在的独立性。诗里重点描写了剧场的"灯光"和"座椅"。灯光"如深情的眼睛",它在"追索那些消失的旋律";而座椅像是"一排排琴键",被"幻想的手指"弹奏着。因此,一方面我们可以说

杨志学 赏析
音乐的魅力从散场后开始

此时"人去场空",另一方面也可以说这个场并没有空,因为旋律、音符仍然在剧场里回荡着。这样,我们发现,这首诗写音乐会,实际上也是从效果的角度来写的,写出了独奏音乐会散场后"余音袅袅,不绝如缕"的效果,于此可以想象演奏者的技艺水平和音乐的感人魅力。

我没有看到那幅画,但我可以欣赏这首诗。不知道画面中观众席上有没有一个人的形象,但不影响我读诗时作这样的设想:音乐会散场后,众人都离去了,而有一个人并未随之离去,他还沉浸在音乐的氛围中,长久地回味着……

神奇的弦仍在无形中颤抖
活泼的弓仍在幽暗里滑行

忆大足

天神也踩不出
如此奇妙的脚印
群山在视野中消失
树林、楼阁以及炊烟
都突然失去踪影
只有血色的岩石
凹凸成雕像
惊心动魄
叙述天上地下的隐情

一个诗人
面对着峡谷痛哭失声

最神秘最可畏的目光

是石头的目光

石头变成眼睛

在沉默中凝视你

不管是温和慈祥平静

还是凶残险恶狰狞

这些目光都可以

使你汗颜

使你毛发倒竖

使你依稀看见自己

千百年前的嘴脸和灵魂

一个诗人

面对着峡谷痛哭失声

这时才感到

肉身的渺小和短促

多少代人

在石像的目光中

变成泥土变成灰尘

变成记忆中可有可无的幻影

可是石像依旧
石头的目光依旧
石语无声
却叙说生命的轮回
叙说人世外的风景
永远的风景啊……

一个诗人
面对着峡谷痛哭失声

应该为我们的先人骄傲
祖先是多么浪漫
竟把飘渺的寄托交付于荒岭
面壁岁月何等漫长
翅膀沉重
却因自由无羁的想象而轻盈
雕刻者
已把他们的所爱所憎
连同自身
统统凿成了石像

凿成这永不瞑目的
沉默的一群
终究还是顽石臣服于
生命

一个诗人
面对着峡谷痛哭失声

这泪水也许永远
是一个无法破译的谜
现代人的狂妄孤傲
在石像们无言的逼视下
融化成悲凉的激情
寂静中
分明已听见
由远而近的锤凿
叮叮，叮叮……

1992 年 2 月 27 日

杨志学 赏析
激情歌哭,一唱三叹

激情歌哭,一唱三叹

大足石刻虽然不在中国三大石刻艺术宝库之列,但其名声和魅力却也是广为人知的。咏叹大足石刻的诗歌自然不在少数。

大足石刻是独一无二的。这首诗的表达也相当独特。

首先,它不是正面歌唱大足石刻的艺术成就,也没有具体描摹一尊尊造像的姿态和面孔。诗人摈弃了那种浮光掠影的叙述和对旅游景观的照相式写法,而让主体情感充分释放,倾诉了身临其境时产生的一种几乎难以自抑的情绪以及看起来似乎有些"失态"的行为——"痛哭失声"。读者自然会受到这种激越而奔放的真情实感的影响,随作者的笔墨而沉吟思考。

其次,此诗在表达形式上比较自如地运用了反复手法,用以反复的句子是"一个诗人 / 面对着峡谷痛哭失声"。这是对诗歌传统表现手法的继取,它增强了诗的节奏感,同时深化着诗人的情感,使作品具有一唱三叹的效果和意味。

另外,开头两行"天神也踩不出 / 如此奇妙的脚印"也值得一提，它是一种具有本质性概括意义的比喻，也是对"大足"这一名字的照应。

岛

江海像一枚枚张开的蚌壳
孕育出无数晶莹斑斓的珍珠
绿色的火,在波涛里燃烧

在远离陆地的水域
默默地生,默默地长
把坚毅的骨骼埋藏在地下
把清新的柔情铺展在地上
领受了大自然中的一切苦难
冰雪。风暴。野火。海啸……
生命的歌唱却从没有喑哑
请看秋风里那一片银白的芦花
是生命之旗历尽沧桑不屈地飘

假如我是候鸟

你春时翠绿秋时金黄的身影

将怎样滋润我疲惫焦灼的目光

假如我是帆船

你卧蚕般涌出水面的隐约一线

将怎样激动我飘渺迷茫的思潮

无法忘记和你一起度过的岁月

在闭塞中向往辽阔

在隐晦中憧憬晴朗

伴随我品味孤独的是湟湟激流

心事如同鸥鸟翔舞

飞跃阻隔脚步的风浪之峡

融化于浩浩淼淼的天和水

我终于发现,你的土地

和大陆一样坚实而丰饶

千年万载的流水都已经成为过去你身上的每一段
曲线

都是岁月留下的足迹

该沉没的,早已经沉没

该流失的,也已经流失
此刻,我心里回响的
不仅是风浪的喧哗
还有蝈蝈、蟋蟀、金铃子的幽默
还有鹭鸶、野鸭、布谷鸟的鸣唱
晨曦下,飘着芦苇和雏菊的清香
月光下,螃蟹们悠闲地吐着水泡

荒芜的浪漫也曾哺育爱情
那是石缝里的野草
在苦涩贫瘠中结出小小的花苞
此刻,一切又回到我身边
遥远了,却并不陌生
机器的喧嚣正驱赶着最后的牧笛
那袅袅余音却永远
无法将如诗的往事画上句号
你看那低垂着脑袋的稻穗
依然像当年一样沉稳而骄傲

1994 年 11 月 9 日

故乡在心中

作者的故乡是上海崇明岛。这是中国第三大岛,也是世界上最大的河口冲积岛,享有"长江门户,东海瀛洲"的称谓。根据第一句"江海像一枚枚张开的蚌壳"的比喻性描写,以及诗里出现的"芦花"、"候鸟"等意象,我们判断这首名为《岛》的诗,写的就是崇明岛。

作品抒发了诗人对家乡岛屿的深挚情感。

第一节三行以比喻、象征的笔法,对这座岛作了总体性概括。

第二节相对具体一些。先写岛屿所处的位置、环境特点,接着写它遭遇到的苦难,以及经历磨难而坚韧不屈的个性。

第三节在"我"与"岛"的关系中展开,表达了"岛"滋养"我"、"我"依恋"岛"的感情关系。这种关系,也许正像"岛"和大陆的关系一样。所以诗人写道:"我终于发现,你的土地/和大陆一样坚实而丰饶"。

第四节中,诗人情不自禁地细数了生存于故乡岛上的各种可爱的小生灵,如蝈蝈、蟋蟀、金铃子、鹭鸶、野鸭、布谷鸟等,追忆中仿佛回到岛上,回到故乡,往日重现,童年重现。

最后一节,又想起年轻时浪漫的爱情,它就像是"石缝里的野草"。这些"如诗的往事"永远留在心里,让作者感到一种充实和美好。

芦花

凝视着永恒的流水
也曾有翠绿的春心荡漾
却总是匆匆又白了头
白了头,描绘一派秋光

银色的表情并不衰老
风中摇曳着深情的向往
所有的期冀都在天空飘扬
却不是无根的游荡

刀来吧,火来吧
哪怕一夜间消失了我的形象
却无法灭绝我地下的埋藏
只要水还在流风还在吹

地下的心就会发芽长叶
春雨里又会是一地葱茏的绿意
秋风里又会是漫天洁净的银霜

1994年11月9日

生命的轮回

根据作者标注的时间,这首诗和《岛》写于同一天。就内容而言,这两首诗也可以看作姊妹篇:一个是从整体上写岛;另一个则从个体事物下笔,写的是岛上最有代表性的植物——芦花。就像对岛的依恋一样,诗人对岛上的芦花也充满了感情。通过对芦花的歌咏,表达了诗人对故乡的热爱。

芦苇是多生于水边的草本植物,所以起笔写"凝视着永恒的流水"便让人觉得非常自然。翠绿的芦苇让人"春心荡漾",而秋天"白了头"的芦苇则是另一番景象。作品设置了"翠绿"与"白头"的对比、"白了头"而"并不衰老"的矛盾关系,让人体会到芦苇因为有根扎在深处,所以能够年年轮回、生生不息。哪怕面对刀、遭遇火,让芦花的形象消失,但来年仍然"会发芽长叶":

春雨里又会是一地葱茏的绿意
秋风里又会是漫天洁净的银霜

结尾是非常诗意的，浪漫的意象中蕴含着浓浓的感情。而在这种一往情深的语言表达中，又体现出诗人的乐观与自信。是的，家乡的芦花不仅美好，而且给人以力量。这大概就是作者满怀深情地歌唱芦花的原因吧。

银色的表情并不衰老
风中摇曳着深情的向往

激情

我的形态是高山瀑布
从云中飞泻而下
在绝壁峭岩上溅起水花
咆哮如雷声
飘漾如白雾
充溢于群山和天宇
不知道何时停止
也不知何处穷尽

多么希望
在溪涧和草丛放缓脚步
周围风景如画
花香中飘着夜莺的歌声
然而大海是那么遥远

征途上处处荒原野岭

我必须在曲折和荒凉中

日夜不停地奔腾

1996 年 9 月

杨志学 赏析
瀑布的心声

瀑布的心声

这是系列组诗《走向永恒——观余纯顺摄影作品有感》中的一首,它是为一幅摄影作品而配写的一首诗。这幅摄影作品的画面可能主要是瀑布,所以此诗的构成方式便是化身为瀑布,自述心声。

瀑布的画面是具体的,作者观看它时却从中提炼出"激情"(以此作为诗的标题和主题),这是从具象到抽象的过程;而为了表达对"激情"的体验和认识,诗人又以语言形式将其还原为具体的画面,又实现了从抽象到具象的转换。

诗由两节组成。第一节是瀑布自述其形态(从云中飞泻而下)、声音(如雷声)、色彩(如白雾)和磅礴气势(充溢于群山和天宇)。这样的描述和渲染,好像把我们带到了瀑布奔流的现场,让我们看到了瀑布从高空跌下的壮观景象。

第二节仍然是瀑布的自述,但从诗意上看是一种转折。瀑布,就其外表看,它是激烈的、急切的,但其内心是复杂的、丰富的,它也有另外的渴求，希望放慢脚步和节奏（不要那么快速地跌下去），沿途享受一下如画的风景和"夜莺的歌声"。然而这实际上是做不到的，因为瀑布的使命（也是它的存在形态）就是"日夜不停地奔腾"，就是"从云中飞泻而下"，就是创造天地间的奇观。

综上所述，这首诗在展现瀑布激越奔流状态的基础上，又写出了瀑布的矛盾心态，这样显示了诗的弦外之音，是对人生况味的一种喻示。

我必须在曲折和荒凉中
日夜不停地奔腾

时光

匆匆而来,又匆匆地去
你是世界上最神秘的匆匆过客
还没容我看清你的面孔
你已经在我身后消失得无影无踪
我沉迷于"现在"的时候
你不动声色地把所有的现在
都悄然变成过去
就像从窗外吹过的微风
卷起树上的枯叶和地上的尘土
不留痕迹地飘向远方……

我想象有这样一个魔术师
把你封存进一个黑匣子
过一千年,再打开匣盖

看你如何融入新鲜的世界

面对陌生的生命大惊失色

那些猝不及防的花草

会不会在你抵达的瞬间

一千次萌芽开花凋零

那些猝不及防的男男女女

会不会在你突然降临的脚步声中

生而复死，死而复生

在一个短促的黄昏里

完成无数次死和生的轮回

如花似玉的面孔，突然

就布满了蛛丝般的皱纹

浑浊昏花的老眼，倏忽

又迸射出清澈明亮的童真……

当然不会有这样的魔术师

永远没有人能将你封存

连幻想也无法改变你的行程

谁想留住你，就像竹篮打水

喧哗流逝后，是寂寥的虚空

你是一个无穷的黑洞
把所有的悲欢忧愤都吸入其中
幽暗中只有一个晶莹的出口
那是永恒的未来……

1997 年 3 月 3 日于四步斋

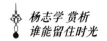

杨志学 赏析
谁能留住时光

谁能留住时光

从题目及表达内容看,这是一首挽留时光的诗。诗的主题并不新鲜,但作者的表达却还有些新意。

第一节是对时光流走的感叹。开头一句"匆匆而来,又匆匆地去"造语平和,并无突兀奇巧之处,但也比较自然,容易进入,可以看作是一种铺垫。第二句"你是世界上最神秘的匆匆过客"便是一种颇为深沉的感喟,见出诗人的个人化情绪。这是对时光的一重比喻。后面诗人还用了另一重比喻,把时光比作微风,它吹动了世间许多东西,却不留痕迹地走远了。不难看出,作者以熟练而恰切的"诗家语",表达了想留驻时光的人之常情,和对时光流逝的困惑,以及作为人的难以摆脱的烦恼。

第二节承第一节而来,写的是作者于烦恼与困惑之际突发奇想,想象有一位神奇的魔术师,把时光封存到了一个匣子里,过一千年之后再把匣子打开,于是发生了许多光怪陆离、意想不到的事情。这一节的表达,最见出诗人的本性与才情,是对人生困惑的想象性克服和对现实的虚幻超越。这无疑是一场梦。梦虽然是好的,但总会醒来。

第三节便是表达丢弃幻想后的释怀。面对现实,你得承认世间不会有什么魔术师。想挽留时光,就像竹篮打水。值得欣慰的是时光不仅仅是一个吸口,把一切过往统统吸了进去,而且有着一个敞亮的出口,那就是未来。诗以这样的方式结尾是耐人寻味的,不仅显出达观的智慧,而且显出给人力量的坚韧。

还没容我看清你的面容
你已经在我身后消失得无影无踪

天上的船
——听阿卡多小提琴独奏

小提琴在他手中成了一只船
自由的小船,在音乐中远航
载着人世所有的欣喜和忧愁
也载着春日的花雨冬天的雪光
水面上风景旖旎瞬息万变
岁月的河流悄然在指间流淌
一声叹息,绿叶从枝头飘落
银弦一颤,溪涧化成了汪洋

弓弦相吻传达出灵魂颤动
水面起伏滑过琴声的帆樯
船舷飞溅起晶莹闪烁的珍珠
天上人间的芬芳都在其中飘漾
我听见柔情的泉水在奔突蜿蜒

赵丽宏 诗歌
天上的船——听阿卡多小提琴独奏

我也看到欢乐的泪珠漫天飞扬
谁也无法描绘航船的轨迹
导航的罗盘在大师心中深藏

拥抱提琴就像拥抱心中恋人
琴弓起落犹如颤动的翅膀
水上小船变成了轻盈的鸟
穿云破雾在宁静的星空飞翔
屏息倾听来自天上的妙音
翱翔的小船正叩打每一扇心窗
心里有花蕾，此刻且开放
放逐浪漫的想象，到天地间游逛

1998年5月10日深夜于四步斋

杨志学 赏析
诗意的会通与转换

诗意的会通与转换

音乐是声音的艺术,也是时间的艺术。声音在飘忽中绵延,作用于人的听觉。这声音具有抽象性和不确定性,可以给听者以漫无边际的想象,也给诗人的再创造留下了足够的空间。

此诗作者是一个钟情于音乐的人,曾写下多篇以音乐为题材的诗作,这首诗即是其中较为出色的篇章之一,它表达了诗人倾听小提琴演奏家阿卡多精湛演绎时产生的感受与联想。不难看出,作者被阿卡多的技艺折服了,被阿卡多演奏的乐曲深深感染了。而诗人不同于其他许多被感染者的地方在于,他以自己的生花妙笔,把听觉艺术转化为视觉艺术,让读者分享他的快乐,并可能由此激发一些人去欣赏(或进一步欣赏)阿卡多小提琴演奏艺术的欲望。

既然要把飘忽的诗意凝定为文字,把听觉变为视觉,就要选择恰当的、具体的、可见的意象。作者成功地选择了"一条船"的意象。开头即说"小提琴"在阿卡多手中"成了一只船"。第一节主要写这只船在音乐的水域自由地远行。到了第二节里,诗人进一步道出:"谁也无法描绘航船的轨迹 / 导航的罗盘在大师心中深藏"。经过铺垫,第三节中"船"的内涵发生了转变:"水上小船变成了轻盈的鸟 / 穿云破雾在宁静的星空飞翔"。这样照应了题目,揭示出音乐形象可以上天入地、自由穿行的特点。

一声叹息，绿叶从枝头飘落
银弦一颤，溪涧化成了汪洋

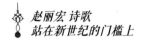

站在新世纪的门槛上

一

岁月之河守恒如昔
它以不变的节奏流向远方
一个又一个今日变成昨天
变成遥远的以往
历史老人像不知疲倦的蜘蛛
编缀着一张永远织不完的网
……

二

此刻,我站在新世纪的门槛上
过去的惊涛正在身后消散

未来的曙光喧哗在前方
如此瞬间，一生中不会有第二次
抚今追昔，思维生出凌云翅膀
谁能描绘这一道无形的门槛呢
这是新旧时段同一个惊叹号
是长途跋涉中一个特殊驿站
是一个伟大的结束，回味无穷
也是一个伟大的开端，意韵深长

三

站在新世纪的门槛上
我把自己想象成一只鸟
我看见过被战火烧焦的大地
大地上，那些哀鸿遍野的景象
古老的文明被野蛮踩躏
血和泪浇灌出警世的花朵
痛苦的呻吟和激愤的呐喊
交织成撕心裂肺的呼唤
那些漫天飞扬的羽翎

那些在风暴中折断的翅膀……
苦难没有掩埋对真理的追求
灾祸没有淹没对幸福的向往
只要大地还在，种子就要发芽
只要天空还在，生命就要飞翔

四

站在新世纪的门槛上
我把自己想象成一艘船
在昔日的风涛中，
多少次起锚，多少次抵达
多少次惊心动魄的搏斗
都已成为我记忆中珍贵的宝藏
我也曾在黑暗中迷失方向
在风浪和漩涡中
我看见过坚定睿智的目光
他们像烛照天地的灯塔
勇敢地燃烧自己的生命
射穿黑暗和迷惘

向世界展示无畏的智慧和胆量

我没有在漫长的险途中沉没

正是因为有这些指点迷津的目光

记住这些永恒的航标吧

即便远方是一片平静和坦荡

五

站在新世纪的门槛上

我把自己想象成一扇窗

我还记得那些围锁的高墙

挡住了渴望拓展的脚步

封锁了自由无羁的向往

高墙下,世界变得如此闭塞

人心变得幽暗偏狭

坐井观天,不知星空何等浩瀚

夜郎自大,不知大地多么宽广

看不见通向远方的道路

听不到沟通灵魂的歌唱

多么渴望在墙上打开透明的门窗

看一看墙外的世界何等模样
而此刻，高墙早已崩溃
歌声正从四面八方传来
风中飘漾着天涯海角的芬芳
囚禁心灵的时代像夜色消逝
窗里窗外都是无拘无束的阳光

六

站在新世纪的门槛上
我把自己想象成一棵树
从一颗幼小的种子
长到花果满枝绿荫蔽日
要经过多少风雨雪霜
春天发芽，夏天吐绿
秋天结果，冬天枯黄
我在大地上改变自己的形象
却从没有改变心中的理想
我骄傲，我曾在严寒和肃杀中挺立
在枯萎和封冻的季节

仍然心怀翠绿的希望

落叶飘零的景象何等萧瑟

冰雪漫天时，枯秃的枝杈上

几乎失却生命的迹象

然而谁能阻挡春风归来

谁能扼杀湿润的新绿重吐芬芳

我相信未来的世界将会成为森林

每一个生命都会拥有自己的土壤

蔓延的绿浪将驱逐所有的荒凉

七

站在新世纪的门槛上

我把自己想象成一条大江

汹涌澎湃奔流了千里万里

锲而不舍寻找浩瀚的海洋

身后的河床是那样曲折

每一个履痕都凝集着探寻者的心迹

每一簇浪花都折射出跋涉者的坚强

不要说风光如昨涛声依旧

迎面而来的前程如此辉煌
且看远方的大洋洪波连天
海平线上涌动着一轮新的太阳

1999年12月于四步斋

世纪乐章,千年梦想

此诗写于 1999 年 12 月,那是 2000 年即将到来的时刻。这样特殊的时刻,不仅是世纪交替的时刻,而且是千年交替的时刻。这"千年等一回"的时刻,多么难得!故而,在那个时刻,有多少人在欢呼;又有多少诗人难抑激动的心情而写下了乐章。赵丽宏的《站在新世纪的门槛上》便是此际从诗人心里流出的世纪乐章、千年梦想!

在这样的时刻,诗人心潮澎湃、浮想联翩是很自然的。这首 96 行的诗,在作者的诗里算是比较长的一首了,但也明显表现出了诗人在艺术表达上的剪裁与克制。诗人想说的话太多了,不能不进行选择与提炼。要选择意象、选择语言,选择诗的方式,实现诗性的转换与跳跃;要提炼诗情、提炼诗境,提炼穿越古今、面向未来的思想情怀,完成一首意象连绵、境界开阔、情志高远的大诗。

就此诗目前的状态看,作者的目标可以说基本上实现了。第一节是序言、引子。"岁月之河守恒如昔／它以不变的节奏流向远方",诗以这样沉稳从容的调子开头,以恰当的喻象进行诗意的概括,紧接着又出之以"历史老人像不知疲倦的蜘蛛"这样更加新颖的喻象,节制而饱满地完成了开篇的概览。

第二节也是一种带有总括性质的抒写,但偏于人生、社会方面的慨叹。

接下来,从第三节到第七节是分写,它们从不同侧面进行诗意的想象与表达,各有其独立性,合起来则共同构成了一曲气势恢宏的交响与合唱。从"一只鸟"、"一艘船"、"一扇窗",到"一棵树"、"一条大江",如果从对应的角度来看,五种意象分别喻示着自由、前进、光明、信念和未来。当然,由于形象的模糊性、不确定性,诗的实际蕴含和指向要更加丰富一些,我们在阅读中可以结合自己的经验细细品味。

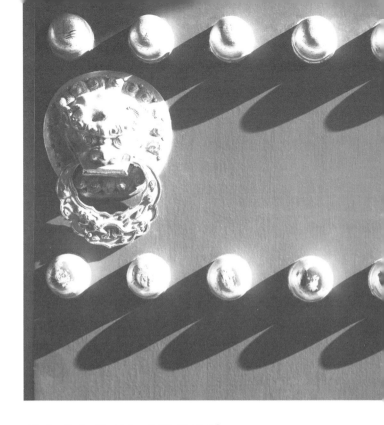

历史老人像不知疲倦的蜘蛛
编缀着一张永远织不完的网

怀念雪

我只能在梦中看见你们
你们晶莹飞旋的轻盈
你们洁白无瑕的美好
飘洒在空中你们是自由的精灵
多少浪漫的遐想被你们牵扰
覆盖在大地你们是威严的乐章
脚踩雪地的声音是何等奇妙
心事在阳光下闪烁
憧憬在大风中舞蹈……
怀念你们,是怀念那一份纯净
是怀念清新和朴素的时光

童心不老如烂漫腊梅

在你们的簇拥下绽蕾吐苞

2001年初春

杨志学 赏析
浪漫想象与美好寄托

浪漫想象与美好寄托

此诗写于2001年初春。作者生活在上海。我猜想，那个冬天他在上海没有见到雪。也许他一连几个冬天都没有在上海见到雪了。所以有此念想，在新世纪的第一个春天，写下了《怀念雪》这首诗。

第一句"我只能在梦中看见你们"流露出一种深深的、大大的失望，加重了对雪的怀念：想她的"晶莹飞旋"，想她的"洁白无瑕"。诗人甚至写下这样的判断："飘洒在空中你们是自由的精灵"、"覆盖在大地你们是威严的乐章"。这一上一下的对仗性语言，是对雪的精神的简洁而精确的提炼与概括，从中见出诗人对雪的深刻体验和深厚情感。诗人回味着记忆中的雪，那种"脚踩雪地的声音"依然让他激动而喜悦。

最后四行，是诗意的自然升华。作者怀念雪，并不是怀念寒冷、潮湿、泥泞之类，而是在"怀念那一份纯净"，"怀念清新和朴素的时光"。这样想着想着，诗人的童心便灿烂地绽放了，就像雪中的腊梅。这是一种浪漫想象，是一份美好的寄托。

天外的天
——答天外

我们都离不开脚下的土地
不管是生活在故乡
还是远在千万里外的异域
只有精神属于天空
天外有天,没有任何力量
能在其中设置栅栏
自由的翱翔发生在每时每刻
心如鸥鸟,飞跃浩渺云天
和所有梦中的目标会合

有时候言语也成为多余
看一眼便能互抵内心深处
初次见面,却恍若
相识于遥远的往昔

中间的岁月如烟霞消散

失去距离的天空

无穷阔大也无穷微小

天涯咫尺,不是科幻和童话

而是生命的因缘

2001 年 5 月 18 日于四步斋

杨志学 赏析
由人名生发的想象与感怀

由人名生发的想象与感怀

从这首诗的副题可以知道,这是一首赠答诗。受赠者的名字叫天外。由此可见这首诗的题目与人的名字之间的关联。阅读此诗不难看出,这首诗所表达的就是由"天外"的名字引发的想象与感怀。

诗由两节组成,每节均为九行。第一节的内容,是由"天外"的名字引发的想象。因为这一名字容易把人带到九霄云外,所以诗人开头第一句便强调只要是人就离不开脚下的土地。这说的是人的身体。而人的精神则不受限制,如诗里所言"心如鸥鸟,飞跃浩渺云天"。每时每刻,人的心灵都可以自由地翱翔。这是对"天外"名字的联想,也是对这一名字内涵的发掘。

诗的第二节,是基于两人深厚情谊基础上的人生感怀,与"天外"的名字仍然有联系,其连接点是,"失去距离的天空/无穷阔大也无穷微小"。说的仍然是精神领域。两人在精神上没有隔阂,没有任何距离。这是两人之间的缘分,像诗的结尾所说:"天涯咫尺,不是科幻和童话/而是生命的因缘"。

  因为由人的名字所生发,所以读起来很有趣味。又因作者想象的丰富和思考的深入,使这首诗境界高远,韵味深厚。

我在哪里,我是谁

我在哪里,我是谁

我已经忘记自己在什么地方

周围的建筑像陌生的群山

在我视野中变幻起伏

我好像在很久以前就看到过它们

并且兴致勃勃登上过每座山峰

天因为它们而矮小

瞳仁因为它们而放大

幻想中把风和云都藏进了口袋

口袋因此膨胀成轻盈的气球

带着我飘向神秘的远方

还有那些匆匆来去的陌生人

那些失去了表情的面孔

无法判断他们的视线扫视何处

这世界有太多的东西值得他们浏览
以至于目光飘忽不知所终
到头来什么也看不清楚
只有云雾一般的迷蒙
我终于被他们迷离的目光看得晕眩
在寻找自己的位置时
突然发现已经迷失方向

我在哪里,我在哪里,我是谁
为什么我的眼前这么清晰又这么模糊
道路在我身后断裂成碎片
天空在我头顶翻卷成沙漠
我在哪里,我在哪里
为什么我的耳膜里一片轰响
寂静中也能听见风吼雷鸣
平稳时也能感觉到大地震动
我在哪里,我在哪里,我是谁
我只知道自己在地和天之间
我只知道自己在尚未到来的时间前面
曾经是未来的梦幻逐渐退到我身后

溶解在儿时读过的童话中
成为越来越遥远的历史

恍惚中忽闻有人嗤笑——
神经错乱，你不还是原来的你
世界不还是原来的模样
只是时光正在把生活悄悄改变

2002年3月于四步斋

杨志学 赏析
存在的困惑

存在的困惑

  这是一首具有哲学意味的诗，主旨是思考人的存在的。"我在哪里，我是谁"，这样的问题在以往也许不成为问题，但现在却时常萦绕于诗人脑际，使他感到困惑、茫然。

  诗共有三节。第一节较长。开头即提出"我在哪里，我是谁"这两个问题，接下来二十行，是对困惑的诉说与解释。这种诉说与解释是浮想联翩式的。先是"周围的建筑"与"陌生的群山"两个意象的转换与叠加。这是现实与想象的叠加（现实的建筑化作想象的群山。想象的群山可以跋涉和攀越，而现实的楼群却常常难以逾越）。这是现在与以往的转换（现在的一座座高楼变成了从前的一座座山峰。这一座座山峰"我"以前都曾经攀登过，登临之后有一种"一览众山小"的豪情，它代表着"我"青年时代的追求和梦想实现后的乐趣）。接下来，在诗人的联翩想象中，出现了装满风和云的"轻盈的气球"的意象，这气球载"我"到了"神秘的远方"。随后，出现了匆忙的陌生人和无表情面孔的意象，这隐喻着现代人的冷漠与隔膜。"我"被那些"迷离的目光"搞得晕头转向，无法确定自己的位置，内心充满迷茫与疑惑。

第二节以"我在哪里，我在哪里，我是谁"开始，与第一节开头相似，但多了一个"我在哪里"的反复，意味着疑惑的进一步增强和加剧。如果说，第一节那种浮想联翩式的诉说让我们感受到的是一种散漫、悠长的节奏的话，那么第二节的节奏则显得急促。而且，"我在哪里，我是谁"的疑问多次反复出现，显出"我"急于找到解脱路径的焦灼感。

最后一节短短四行，可看作诗的尾声。无法解脱之际，忽然响起局外人的"嗤笑"声，使"我"从自我设置的僵局中醒来，聊作自我安慰式的解脱。

此诗像是一则关于人的存在的寓言，耐人寻味。而造成"存在的困惑"的原因，也许不仅仅是时光的变换，可能还有其他一些说不清道不明的因素。

周围的建筑像陌生的群山
幻想中把风和云都藏进了口袋

我的座椅

木质凹凸，纹路沉静
椅背无声按摩我的脊背
面前是一台电脑
荧屏正闪烁现代光影
电流裹挟着声色犬马
文字在变幻跳跃飞行……

关上电脑，转过身来
抚摸椅背上的木纹
突然感觉凉风扑面
座椅仿佛变成树桩
椅背上嫩芽萌动
青枝蔓延，碧叶丛生
普普通通的木质座椅

瞬间就长成一棵大树

将我笼罩于葳蕤绿荫……

被键盘麻木的手指上

一圈，一圈，又一圈

扩展着大树古老年轮

我的身体在这扩展中缩小

心，却被新生绿荫羽化

羽化成自由的夜莺

拍拍翅膀，亮开歌喉

飞向幽远清新的山林……

2009 年 3 月 21 日于四步斋

杨志学 赏析
转折与多重诗意的生成

转折与多重诗意的生成

此诗有着精巧的构思、飞跃的想象、优雅的文辞、开阔的境界和深长的韵味。"座椅"是作者诗情的触发点或表达思想的道具。此物品是"我"居家或书斋生活中不可缺少的工具，久之便生感情，甚至内化为"我"生命的一部分。你看它："木质凹凸，纹路沉静/椅背无声按摩我的脊背"。对于现代文明的产物——冰冷的电脑而言，与身体朝夕接触的座椅可以说是温暖之物。按诗的题目和第一节所写，我们或许会认为此诗是表达作者对座椅的赞美之情的，但并非如此。诗的第二节，诗意发生急转：待关闭电脑，抚摸椅背，竟"突然感觉凉风扑面"，原因在于"座椅仿佛变成树桩"。接下来诗情由此展开，是作者驰骋浪漫想象而构筑的清新画面和令人向往的天地。至此我们开始领会作者的真正意图，去思考此诗的真正题旨之所在。诗的后半所展现的实际上是一种幻境。在这幻境中，"木质座椅"变成了"一棵大树"，由"大树"又扩展演变出"幽远清新的山林"；而"我"则"羽化成自由的夜莺"，展翅飞向远处的树林。在这样的诗境里，你或许可以听到一种批评破坏树木、保护生态环境的声音，但作者更主要的用意是要表现对现实羁绊的挣脱和对自由境界的向往，其中还包含着对人类在创造一些事物的同时可能会失去另一些事物的无奈的伤叹。在整体视角上，作品包含着现实与幻境的交互，室内与室外的转换等。诗意丰厚，令人掩卷遐思。

普普通通的木质座椅
瞬间就长成一棵大树

苏州河夜航

最后一缕晚霞
融化在蜿蜒的河里
天地间一切随之模糊
夜色是魔法师的幕布
戏法迎面而来
眼神五光十色

河流从天上挂落
挂成飞动的瀑布
星光月光灯光波光
糅合成一片迷蒙晶莹
天在水里,船在天上
人在水天间沉沉浮浮

河上夜鹭飞旋

雪花般掠过幽暗

掠过往昔的浑浊

时光在水影里层层叠叠

雪浪四溅

溅起久违的清澈

航船是一条沉默的鱼

被流水轻轻拥抱

探头四望

岸畔楼群如山峦

灯火闪烁的窗户

是万点星辰撒落山坡

潮声在夜籁中飘飘悠悠

飘悠如一声遥远长叹

叹不尽河道的曲折

闻一闻湿润的风

有清凉的甜蜜

也有温暖的苦涩

夜鹭拍拍雪白的翅膀

栖落在河畔树丛

树影鸟影在潮声里叠合

因为树，飞鸟便有了根

因为鸟，树林也有了翅膀

沉静和翔舞，在夜幕下汇合

2013年7月5日于四步斋

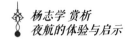

夜航的体验与启示

苏州河是上海市境内的一条内河,它自西向东穿过上海市区的中心地带,向东注入黄浦江。苏州河沿岸有许多著名的景点、建筑,河上有一座座风格不同的桥梁,还有 15 处旅游码头。

据作者讲,他就出生、成长在苏州河畔,对苏州河的感情是与生俱来的。苏州河对作者而言可以说是一条确确实实、真真正正的母亲河。

苏州河流经的区域,正是上海市的繁华路段。上海本就享有"东方不夜城"的美誉。夜幕降临之后,苏州河两岸万家灯火,璀璨一片,形成一道诱人的夜景。而乘船在苏州河上夜航,听着水声,看着灯影,婆娑迷离,亦真亦幻。新奇的体验,与白天完全不同,与岸上行走观看也是大不相同。而人的思绪,也便随航船的流动而流动着。

且看诗人从哪里下笔:"最后一缕晚霞 / 融化在蜿蜒的河里"。这样的开头虽然并不奇崛突兀,却也干净利落,而且颇具时空感,交代了具体时间。它告诉我们，这次夜航开始于晚霞消失之际、白天为黑夜取代之际。可见诗人进入夜航的时间还是比较早的，便于有较为充足的时间进行夜航的体验。在第一节里，诗人还用了"夜色是魔法师的幕布"这样一个新奇有趣的比喻，这样也才有随之而来的令人"眼神五光十色"的所谓的"戏法"。既然是魔法师的戏法所致，也就完全可以对眼前的景象予以大胆的想象。

第二节便展现了这个想象的世界。这也是一个感觉的世界。此时此刻，此情此景，有四种光交织在一起，展现在人的眼前。这也是一个各种关系交织在一起的世界。除了"星光月光灯光波光"这四种光之间的关系外，还有天与水的关系、天与船的关系、人与船的关系、人与水的关系等。足见诗人的妙笔所带来的效应。

作者用笔灵活，脉络清晰。每一节都有新鲜的内容和元素出现，增加着诗的内涵。第三节出现了"夜鹭"的意象，可谓静中之动，以静衬动，给诗带来了新的生机与活力。而且，联系着"夜鹭"在后面的再次出现看，这里可以说是预设的伏笔。第四节把"航船"比作"一条沉默的鱼"也颇为得当。第五节以"潮声"隐喻"长叹"之声，借此发些议论，也并不妨碍诗的美。

最值得品味的是第六节即诗的最后一节。夜鹭，这夜的精灵再次登场，只见它拍拍翅膀，"栖落在河畔树丛"。这一细节颇有意味，可以引发我们关于"闲适"、"自由"、"诗意栖居"之类

杨志学 赏析
夜航的体验与启示

的联想。诗的最后三行全是议论之笔,但作者的议论又全以意象性语言出之,使诗意显得非常圆润、饱满。就字面看,这里有两对关系:一是鸟与树的关系,一是动与静的关系。但在字面之下,还隐含着一些关系,比如人与鸟的对应关系,树林与家园的对应关系,以及人与自然的关系等。

诗读完了,而诗的韵味却长久地萦绕脑际、留在心里。这是作者的一首近作,与其早期诗作相比亦可见出诗人叙述风格上的变化。

天在水里,船在天上
人在水天间沉沉浮浮

活着

梦想是空的
我想实实在在活着
脚踏起伏不平的大地
头顶尘埃飞扬的天空
睁开眼睛
看见斑斑驳驳的天花板
还有被风吹动的窗帘布

活着,就是
时时听见流水的声音
天上的雨水
地下的河水
厨房龙头喧哗
卫生间水流淙淙

活着，就是
会痛，会痒，会生病
会饿，会渴，会挑食
吃不厌淡淡的粥和饭
却也想着尝尝新鲜
那些听说却没有吃过的味道

活着，就是
能笑，能哭，能流泪
能喊，能唱，能沉默
在迷惘困惑的时候
能静静地问一声
为什么

活着，就是
不时想到熟悉的名字
不时看见亲爱的面孔
不时听见窗外的吆喝
在我想念祈望时
也有人在惦记我

活着，就是

给衰老的母亲打电话

告诉她，我会像往常一样

穿过人海茫茫的城市

去陪她说话

去喝她沏的陈年普洱

活着，就是

记下明天要做的事情

然后去拥抱枕头

当然会做梦

梦中可以上天入地

梦醒后，洗洗脸

将幻境让位于现实

2013年7月7日于四步斋

杨志学 赏析
真实地呈现活着的状态

真实地呈现活着的状态

活着是一种状态。

这首诗的意义首先在于作者很真实地呈现了这种活着的状态。诗里写得很具体，比如，睁开眼睛看见天花板、窗帘布，证明自己还活着；活着就是能听见各种流水声（水是生命之源）；活着就是会吃喝，知痛痒，会挑食尝鲜，也会生病；活着就是能笑、能哭、能喊、能唱，就是不时想起熟悉的人，就是思念母亲，就是抱着枕头睡去（睡眠中可能会做梦），等等。作者写了很多属于人的本能反应的东西，呈现了活着的原生状态。

此诗的第二重意义，表现在对现实与梦想关系的处理上。现实与梦想之间本是辩证的关系。只有现实而没有梦想，现实就会过于沉重；只有梦想而没有现实，梦想就会因缺乏依托而流于荒诞。一般来说，人在年轻的时候，梦想的成分会多一些；而到了一定年纪，则会让幻想更多地让位于现实。这首诗的表现就属于后者，呈现出作者步入中年以后的真实心理状态。

这首诗的第三点意义,是它比较明显地表现出了作者在文体叙述风格上的变化,值得注意。作者早年即在诗歌写作上崭露头角,是享誉诗坛的优秀抒情诗人。随着年龄的增长,作者更多倾力于散文写作,在散文方面的成就和影响也渐渐超过了诗歌,但他始终没有中断诗歌写作,不时写下的诗歌作品仍以充沛的激情和优雅的抒情见长。《活着》是作者的新近之作,其最大特点是摈弃抒情,而代之以质朴、冷静、客观的叙述。这种表达上的变化,其实是诗人艺术观念发生转变的征兆和表现,是诗人超越自己的收获与成果。

活着，就是时时听见流水的声音
想到熟悉的名字，看见亲爱的面孔